SUTTON KRiMI

KERSTIN APEL

Der Kreuzworträtsel MORD

DIE WAHRE GESCHICHTE

SUTTON KRiMI

ÜBER DIE AUTORIN

Kerstin Apel, Jahrgang 1963, lernte als Schülerin in Halle-Neustadt einen Jungen kennen, der zum Mörder werden sollte. »Der Kreuzworträtselmord« ist ihre erste schriftstellerische Arbeit, mit der sie nach 30 Jahren ihre eigenen traumatischen Erfahrungen als Zeugin dieses schrecklichen Verbrechens, das 1981 in der DDR großes Aufsehen erregte, verarbeitet.

Hochheimer Straße 59
99094 Erfurt
www.suttonverlag.de
www.sutton-belletristik.de

2. Auflage 2013
Gestaltung und Satz: Sutton Verlag

ISBN: 978-3-95400-142-2

Druck: Aalexx Buchproduktion GmbH, Großburgwedel

Dies ist ein Roman. Einige der vorkommenden Personen haben tatsächlich gelebt. Die überwiegende Mehrheit existiert nur im rätselhaften Kosmos dieses Romans. Etwas ähnlich Vagabundierendes lässt sich über die Handlung sagen. Sie basiert auf tatsächlichen Ereignissen, ist im Übrigen aber frei erfunden.

1

»Aus heiterem Himmel« schreibt man, wenn man von einer überraschenden Begebenheit berichten will. Und in der Tat, der Himmel war heiter an meinem ersten Urlaubstag in Oberhof. Es war ein klirrend kalter, klarer Tag, und ich konnte es kaum erwarten, mich in die Loipe zu stürzen.

Diesen Urlaub hatte ich mir wahrlich verdient. Zwei Jahre lang war ich nonstop in der Tretmühle gewesen. Zwei Jahre ohne Pause als einzige Frau in der Redaktion des »Aktuellen Blatts«, zwei Jahre recherchieren, redigieren, schreiben … Wenn jemand urlaubsreif war, dann ich.

Ich stieß mich mit den Skistöcken ab und machte die ersten, zögernden Schritte. Wider Erwarten klappte es gut und beinahe mühelos begann ich, durch die Loipe zu gleiten. Unter diesem stahlblauen, heiteren Himmel. Ein perfekter erster Urlaubstag. Eine perfekt gespurte Loipe.

Der Beginn eines Urlaubs, der Spuren hinterlassen sollte.

Für mich gab es bei solch traumhaftem Wetter nichts Schöneres als einen Langlauf. Durch die langen Stunden am Redaktionsschreibtisch war ich komplett außer Form, trotzdem nahm ich die ersten »Hügelchen« selbstbewusst in Angriff. Es war einfach herrlich, durch die weiße Winterpracht zu gleiten.

Irgendwann kamen dann die größeren Hügel. Oberhof liegt nicht im Flachland. Noch bevor ich den halben Anstieg bewältigt hatte, kam ich ganz schön ins Schnaufen, merkte plötzlich jedes Glas Wein zu viel, jede Zigarette und jede Stunde, die ich im Fitness-Studio versäumt hatte.

Irgendwie schaffte ich den Anstieg, und dafür wurde ich mit einer wirklich einmaligen Aussicht belohnt. Minutenlang starrte ich gebannt in den Himmel, schaute über die waldige Winterlandschaft hinweg und lauschte auf meine pfeifenden Lungen, bis ich wieder zu Atem gekommen war.

Und dann sah ich sie. Eine Frau im weiß-roten Skianzug, die am Fuß der Abfahrt, die nun vor mir lag, quer über beide Loipen gestürzt war. Auf dem Kopf trug sie eine riesige Pelzmütze, offensichtlich eine echte Schapka aus Russland, die ihr immer wieder über die Augen rutschte, wenn sie versuchte aufzustehen. »Eine Anfängerin«, murmelte ich unwillkürlich, während ich zusah, wie sie verzweifelt versuchte, in die Senkrechte zu kommen, und immer wieder über Ski, Stöcke oder ihre eigenen Beine stolperte.

Die »Pelzmütze« hatte mich noch nicht wahrgenommen. Sie war viel zu sehr damit beschäftigt, ihre Skier, Stöcke und Beine auf immer neue Art und Weise zu verknoten. Sie stellte sich an wie eine Henne beim Pinkeln. Mein Geduldsfaden war mittlerweile kurz vorm Zerreißen. Ich begann die Winterkälte zu spüren und hatte keine Lust, länger in der eisigen Luft herumzustehen.

»Dann wollen wir der Pelzmütze mal auf die Hufe helfen«, murmelte ich und stieß mich ab. Erst langsam, dann immer schneller fuhr ich die Abfahrt hinunter. Und die entpuppte sich als wesentlich steiler, als ich gedacht hatte. Schon nach wenigen Sekunden hatte ich Mühe, überhaupt auf den Skiern zu bleiben. Nichts war's mehr mit meinem Plan, elegant neben der herumkrabbelnden Pelzmütze abzuschwingen und ihr auf die Skier zu helfen.

Ich schrie aus Leibeskräften, sie solle doch endlich die Loipe freimachen. Sie schien mich gehört zu haben, denn sie verdoppelte ihre Anstrengungen, auf die Füße zu kommen, aber vergeblich. Ich versuchte, irgendwie etwas abzubremsen, aber es wollte mir nicht gelingen. Für einen kurzen Augenblick sah es so aus, als würde es der Pelzmütze gelingen, aus der Loipe zu rutschen. Sie richtete sich auf, kam tatsächlich wacklig ins Stehen … und in diesem Augenblick krachte ich in sie hinein.

Da lagen wir nun beide im Tiefschnee, um uns herum war es totenstill. Keine von uns beiden bewegte sich. Nach einer gefühlten Ewigkeit raffte ich mich schließlich auf, wischte mir den Schnee aus dem Gesicht und kontrollierte, ob meine Gliedmaßen noch funktionstüchtig waren. Dann schaute ich mich vorsichtig nach meiner Unfallpartnerin um.

Das erste, was ich sah, war die Pelzmütze meiner Skiunfall-Kontrahentin, die ihr vom Kopf gerutscht war. Dann hörte ich ein leises Stöhnen.

Erschrocken fragte ich sie, ob sie sich verletzt hätte. Sie drehte sich langsam zu mir und sagte dann sehr leise, dass wohl alles in Ordnung mit ihr sei. Etwas unbeholfen half ich ihr, endlich wieder auf die Ski zu kommen. Als wir uns schließlich gegenüberstanden und uns ansahen, mussten wir beide anfangen zu lachen, grundlos, aber völlig ungezwungen und herzlich.

Als wir uns nach einer Weile beruhigt hatten, stellte ich mich vor: »Mein Name ist Shiva.«

Sie schaute mich nur an.

»Haben Sie auch einen Namen, und wollen Sie mir den verraten?«

»Sicher doch, mein Name ist Susanna.«

Ich hob ihre Pelzmütze auf und reichte sie ihr. Susanna hatte ein ovales Gesicht und lange, dunkelblonde Haare, die sie zu einem Zopf zusammengebunden hatte.

»Wie schaut es aus, wollen wir uns nicht auf den Schreck etwas Warmes gönnen? Hier in der Nähe soll doch eine Skihütte sein.«

Susanna stotterte ein bisschen herum, sie war wohl eher der schüchterne Typ. Aber als ich sie fragte, ob sie Angst hätte, dass sie nicht bis zur Hütte käme, ohne wieder hinzufallen, musste sie wieder lachen.

»Die Hütte ist da vorn, gleich hinter der nächsten Biegung. Bis dahin schaff sogar ich das.«

»Na also, geht doch! Wer zuerst da ist …«

Immer noch lachend setzten wir uns in Bewegung.

2

So richtig vertrauenerweckend sah die Skihütte nicht aus: ein aus alten, rohen Holzbalken gezimmertes Häuschen, das eher Jahrhunderte als Jahre auf dem Buckel zu haben schien. Aber wenn man erst mal eingetreten war, nahm einen eine Atmosphäre einfacher Gemütlichkeit total gefangen. Ein wunderschöner alter Kachelofen bollerte in einer Ecke auf vollen Touren und hielt die Gäste warm, die an blanken Holztischen miteinander lachten und schwatzten.

Der Hüttenwirt, ein Hüne von einem Kerl, dessen von der Wintersonne gebräuntes Gesicht von Lachfältchen durchzogen war, begrüßte uns mit einem Augenzwinkern und setzte uns an den letzten freien Tisch in der Nähe des Ofens.

»Ihr wollt doch sicher einen Jagertee«, sagte der mit hellseherischen Kräften gesegnete Mann, während er die beiden Getränke schon vor uns abstellte. Richtig geraten! Wir tranken das starke Gebräu in kleinen Schlucken. Langsam wurde mir wieder warm, und auch in Susannas Gesicht kehrte die Farbe zurück. Ich musste an unseren Zusammenstoß denken und lachte unwillkürlich auf.

Susanna reagierte nicht. Sie hatte wirklich ein sehr ruhiges Wesen. Dass wir uns so anschwiegen, gefiel mir ganz und gar nicht. Rumsitzen und die Klappe halten ging mir einfach gegen den Strich. Aber irgendwie würde es mir schon gelingen, ein Gespräch in Gang zu bringen. Wozu war ich Journalistin?

»Laufen Sie schon länger Ski, oder ist das Ihr erster Skiurlaub?«

Sie schaute mich von der Seite an, nahm ihren Becher Jagertee und nippte daran. Ich glaube, sie nickte kaum merklich mit dem Kopf, aber sicher war ich mir nicht.

»Sie reden wohl nicht so gern mit anderen Menschen«, wollte ich noch sagen, biss mir aber gerade noch rechtzeitig auf die Zunge. »Na, dann eben nicht!«, dachte ich und zog die Schultern hoch. Wir schauten beide ein Weilchen vor uns hin, als Susanna plötzlich doch noch etwas sagte.

»Ich mache nur Skiurlaub, wenn es die Zeit erlaubt«, murmelte sie, ohne den Blick von ihrem Becher zu heben. »Okay, heute hatte ich ein bisschen Pech auf der Loipe, aber sonst habe ich nicht solche Probleme, das können Sie mir schon glauben.«

Ich schaute sie überrascht an und fragte: »Sie können ja doch reden?«

»Warum sollte ich denn nicht reden können?«

»Nichts, ich dachte nur …«

Jetzt wusste ich nicht weiter. Na, bravo! Aber zu meiner Überraschung redete Susanna schon wieder, allerdings immer noch, ohne den Blick von ihrem Becher zu heben.

»Ich wohne übrigens ganz in der Nähe, im Panorama-Hotel hier in Oberhof. Zusammen mit meiner Freundin. Für eine Woche. Leider haben wir nur noch zwei Tage, dann ist unser Urlaub schon wieder vorbei.«

»Oh, wow, was für ein Zufall! Ich bin auch in diesem Hotel. Vielleicht können wir uns ja mal abends an der Bar treffen, bevor Sie wieder abfahren?«

Hatte sie jetzt genickt? Mit dem Kopf geschüttelt? Keine Ahnung. Na gut, spielte ich eben die Alleinunterhalterin. »Ich bin gestern Abend erst angekommen. In der ersten Nacht in neuer Umgebung habe ich immer furchtbare Schwierigkeiten. Ich wache meist in aller Herrgottsfrühe auf und kann nicht mehr einschlafen. Hier im Hotel war es auch nicht anders, ich bin seit vier Uhr früh munter. An Schlaf war nicht mehr zu denken. Um mir die Zeit zu vertreiben, hab ich Kreuzworträtsel gemacht, bis es endlich Frühstück gab. Dabei hasse ich Kreuzworträtsel. Mögen Sie Kreuzworträtsel?«

Susanna sprang von ihrem Stuhl auf. Ich kam noch nicht mal dazu, zu fragen, was denn passiert sei, da rannte sie schon Hals über Kopf aus der Hütte. Verwirrt schaute ich mich im Gastraum um, aber es war nichts Außergewöhnliches zu sehen. Auch die anderen Gäste schienen ganz normal zu sein. Sie schauten Susanna kopfschüttelnd hinterher. Ich sprang auf und wollte Susanna folgen, sie fragen, was geschehen war, doch der nun nicht mehr ganz so freundliche Hüttenwirt hielt mich fest.

»Wohin des Wegs, junge Frau? Normalerweise wird bei uns erst bezahlt, bevor man das Wirtshaus verlässt.«

»Ich lauf Ihnen schon nicht weg«, erwiderte ich schnell, »ganz bestimmt nicht, ich möchte nur schnell meine Freundin fragen, was los ist. Dann komm ich wieder und bezahle …«

Das Lächeln des Wirts bekam etwas Eisiges. »Wenn Sie bezahlt haben, können Sie von mir aus gehen, wohin Sie wollen. Vorher geht's nirgendwo hin.«

Durchs Fenster sah ich, dass sich Susanna in Windeseile die Ski angeschnallt hatte und schon einige Meter weg war. Dumm gelaufen, oder besser, dumm langgelaufen. Zähneknirschend bezahlte ich die Zeche, ohne dem Wirt auch nur einen Cent Trinkgeld zu geben. Als ich endlich vor die Hütte trat, war Susanna schon über alle Berge, im wahrsten Sinne des Wortes. Ich schnallte meine Ski an und machte mich in Gedanken versunken auf den Weg zurück zum Hotel. Was hatte Susanna so erschreckt, dass sie geflohen war? Wovor hatte Susanna so plötzlich Angst bekommen?

3

Als es Zeit fürs Abendessen wurde, beschloss ich, vorher noch einmal in den Schnee hinauszugehen. Vielleicht half mir die Kälte, den Kopf freizubekommen. Susannas überstürzter Aufbruch aus der Skihütte ließ mich nicht los. Einen Moment lang hatte sie mir in die Augen gesehen, bevor sie die Flucht ergriff, und diesen Blick konnte ich nicht vergessen. Das waren Augen, die in die Hölle geblickt hatten.

Während ich über Susannas Motive sinnierte, ging ich an der Hotelbar vorbei. Ich war so in Gedanken versunken, dass ich zunächst gar nicht bemerkte, dass jemand meinen Namen rief.

»Hey, Shiva! Hier!«, hörte ich schließlich und erkannte Susannas Stimme. Ich drehte mich um und sah sie an der Bar sitzen. Sie winkte mir zu.

»Hier bin ich, Shiva, kommen Sie doch her!«, rief sie fröhlich, als wäre nichts geschehen.

Ich staunte.

»Was für eine Überraschung, ich hätte nicht gedacht, Sie so schnell wiederzusehen, nachdem Sie so abrupt aus der Skihütte –«

Sie unterbrach mich eilig, als wollte sie nicht über den Vorfall am Nachmittag reden: »Wo wollen Sie denn hin? Doch nicht etwa hinaus in die Kälte?«

»Das hatte ich in der Tat vor. Noch ein wenig Bewegung an der frischen Luft vor dem Abendessen …«

»Ist doch viel zu kalt. Warum setzen Sie sich nicht zu mir?«

»Sind Sie denn allein hier an der Bar?«

»Nein, nein, meine Freundin muss jeden Moment hier sein. Setzen Sie sich doch, dann können wir zu dritt was trinken und ein bisschen quatschen …«

»Vielleicht später. Ich möchte mir wirklich noch ein wenig die Beine vertreten.«

»Ach so. Na dann wünsche ich Ihnen noch einen schönen Abend.«

Ich ging nach draußen, und zog meinen Schal fester. Der Schnee knirschte unter meinen Stiefeln. Warum hatte ich eigentlich Susanna nicht gefragt, was heute Mittag mit ihr los gewesen war? Ich ärgerte mich ein wenig, dass ich mich nicht einfach erkundigt hatte. Nächstes Mal würde ich fragen, das nahm ich mir fest vor. Und dann merkte ich, wie kalt es an diesem Abend in Oberhof war. Egal, was das Thermometer am Hotel anzeigte, für mich waren das gefühlte zwanzig Grad minus, und das war entschieden zu viel für eine urlaubsreife Journalistin. Ich machte kehrt, solange ich die Lichter des Hotels noch sehen konnte, und war in wenigen Minuten wieder an der Hotelbar angelangt.

»Na, das war aber ein kurzer Spaziergang«, begrüßte mich Susanna.

»Es ist einfach zu kalt draußen«, verteidigte ich mich.

»Setzen Sie sich doch jetzt noch einen Moment zu uns. Übrigens, darf ich vorstellen, das ist meine Freundin Judith.«

Judith war etwas größer als ich, eins achtzig vielleicht. Rundliches Gesicht, graugrüne Augen, ein Hosenanzug-Typ. Aber trotzdem sympathisch. Sie lächelte mich an, und ich lächelte gern zurück.

»Hi, ich bin Shiva, schön, Sie kennenzulernen.«

»Ich freu mich auch. Susanna hatte mir von eurem Zusammenstoß erzählt, ich konnte nur noch lachen.«

»Stimmt, es war sehr komisch«, sagte ich, während ich mich neben den beiden auf einen Barhocker schob, »aber als es passierte, hat es auch ziemlich wehgetan.«

»Das kann ich mir gut vorstellen«, sagte Judith, und Susanna schien so zu tun, als sei heute Mittag überhaupt nichts passiert.

Dachte ich, aber dann sagte Susanna zu mir: »Was möchten Sie denn trinken? Ich glaube, ich bin Ihnen was schuldig.«

»Einen Mojito nehm ich gern. Aber … darf ich Sie etwas fragen?«

»Natürlich. Warum nicht?«

Selbstsicher, souverän … eine ganz andere Susanna als die, die heute Mittag aus der Skihütte getürmt war. Ich staunte.

»Was gucken Sie denn so? Also, heraus damit! Was haben Sie auf dem Herzen?«

»Rundheraus: Hab ich irgendwas falsch gemacht heute Mittag? Ich zerbrech mir jetzt den ganzen Tag den Kopf, warum sie vorhin aus der Hütte rausgerannt sind, als wären Sie von einer Meute Hunde gehetzt. Was war denn bloß los?«

Judith zog eine Augenbraue hoch und sah Susanna an. Die nahm ungerührt einen Schluck von ihrem Drink und meinte leichthin: »Sie haben gar nichts verkehrt gemacht, wirklich nicht. Aber würde es Ihnen was ausmachen, wenn ich Sie bitte, jetzt nicht darüber zu sprechen? Mir ist einfach nicht danach, es ist so ein schöner Abend, den wollen wir uns nicht verderben.«

»Na ja … meinetwegen, belassen wir es dabei. Prost.«

Ich hob das Glas und bemerkte, dass Judith mich merkwürdig ansah, bevor sie mit uns beiden anstieß.

»Sagen Sie mal«, sagte sie dann, »ist Ihnen nicht warm?«

Jetzt erst merkte ich, dass ich noch in meinen kälteisolierenden Sachen dasaß. Tatsächlich, mir stand der Schweiß auf der Stirn.

»Um Himmels willen, wie dumm von mir. Und ich wunderte mich schon, warum mir so heiß wird.«

»Wenn Sie wollen, hole ich Ihnen noch eine Jacke«, frotzelte Judith.

Ich musste lachen. »Nein danke, nicht nötig.«

Mit diesen Worten leerte ich meinen Mojito.

»Darf ich Sie nun auf einen Drink einladen?«, fragte mich Susanna, kaum, dass ich mein leeres Glas abgestellt hatte.

»Warum denn nicht? Auf einem Bein ist schlecht stehen, wozu bin ich im Urlaub? Ich nehm noch einen!«

»Wenn das so ist, nehm ich auch noch einen Mojito!«, fiel Judith ein.

»Schmeckt das Zeug überhaupt?«, fragte Susanna.

»Probieren geht über studieren!«, riefen Judith und ich im Chor und lachten.

Eine Stunde und zwei weitere Mojitos später waren wir drei schließlich per Du und hatten – mit bereits leicht unsicheren Schritten – das Hotel-Restaurant aufgesucht und den besten Tisch in Beschlag genommen.

4

Ins Panorama-Restaurant geht man normalerweise, wenn man die Aussicht genießen will. Nun, draußen war es zu dieser fortgeschrittenen Stunde natürlich zappenduster, so dass die Aussicht aus ein paar in tiefer Dunkelheit blinkenden Lichtern bestand. Das machte unserer fröhlichen Damenrunde aber nichts aus. Nach den ganzen Mojitos mussten wir schleunigst etwas in den Magen bekommen, und das ging am leckeren Buffet im Panorama-Restaurant am schnellsten.

Und weil wir die ganzen Leckereien nicht so trocken runterwürgen wollten, hatte ich bei unserem Kellner – Klaus hieß er, so stand es auf seinem Namensschild – eine Flasche Rotwein bestellt.

Doch je weiter unsere improvisierte Party fortschritt, desto ruhiger wurde Susanna. Judith und ich tauschten Erlebnisse aus der Loipe aus. Susanna schwieg, nippte hektisch am Rotwein und ging hin und wieder vor die Tür, um eine Zigarette zu rauchen. Sie aß wenig, und wenn sie die Gabel zum Mund führte, zitterte ihre Hand.

Ich zog die Augenbraue hoch und sah Judith fragend an, doch die zuckte nur mit den Achseln. Ich staunte nicht schlecht: Offenbar war Susannas Benehmen nichts Neues für sie. Langsam fühlte ich mich unwohl in meiner Haut. Susanna tat mir leid, ich wollte sie fragen, warum sie so unruhig war, ob sie sich nicht wohl fühlte … Aber ich hatte Angst, noch mal so einen Eklat zu verursachen wie heute Mittag in der Skihütte. Also versuchte ich es wieder mit Smalltalk.

»Wie lange seid ihr jetzt eigentlich schon hier?«

Susanna schwieg eisern, und so sprang Judith in die Bresche: »Schon sieben Tage, unser Urlaub ist so gut wie vorbei. Leider.«

»Dann lasst uns auf die schönen Urlaubstage anstoßen, ja? Prost!«

Danach herrschte wieder Totenstille am Tisch. Es war wirklich verdammt schwer, eine Unterhaltung in Gang zu bringen, wenn eine der Teilnehmerinnen sich aufs Dauerschweigen verlegt hatte. Ich hatte die Nase voll, ich konnte irgendwann gar nicht mehr anders, als mit der Frage herauszuplatzen, die mich seit heute Mittag beschäftigte: »Susanna, es lässt mir einfach keine Ruhe, warum bist du denn nun so Hals über Kopf aus der Skihütte gerannt? Entschuldige, dass ich schon wieder damit anfange, aber ich frage mich ständig, was ich falsch gemacht haben könnte. Sorry, du hast ja schon gesagt, dass du eigentlich nicht darüber reden willst, aber es lässt mir einfach keine Ruhe …«

Susanna schaute mich total ausdruckslos an, als ob sie durch mich hindurchschauen würde. Sie sagte kein Wort. Judith holte Luft, um an Susannas Stelle zu antworten, aber ich kam ihr zuvor.

»Hat es irgendwas mit den Kreuzworträtseln zu tun, die ich erwähnt habe? Ich wusste nicht, dass …«

Susanna starrte mich an, nahm ihr Rotweinglas in die Hand und schüttete sich den Inhalt in den Schoß. Das war keine Ungeschicklichkeit, kein Missgeschick. Sie hatte sich den Rotwein absichtlich auf den Rock geschüttet. Sie stieß ihren Stuhl zurück und sprang auf.

»Oh Mann, so ein Mist! Bitte entschuldigt, wie dumm von mir. Ich muss schnell auf's Zimmer, um zu retten, was noch zu retten ist. Sorry.«

Dann stürmte sie aus dem Restaurant. Ich schaute Judith an, beide zuckten wir mit den Schultern und nahmen einen Schluck Wein.

»Judith, was ist mit Susanna los? Hab ich irgendwas falsch gemacht? Ich hab doch nichts Böses getan?«

»Mach dir nichts draus. Susanna ist nun mal so. Sie hat ab und zu Tage, an denen sie sich total merkwürdig verhält. Ich habe mich daran gewöhnt.«

»Hast du sie denn nie gefragt, was dahinter steckt? Warum sie diese … Phasen hat?«

»Fragen bringt gar nichts, dann macht sie einfach zu wie eine Auster. Man kann Susanna nur akzeptieren, wie sie ist. Es kommt ja Gott sei dank auch nicht oft vor.«

»Irgendwas muss sie erlebt haben. Irgendwas, worüber sie nicht sprechen will. Oder kann.«

5

Der nächste Morgen war nicht gut. Die Mojitos zum Aperitif, der Rotwein, und vor dem Einschlafen hatte ich mich noch über die Minibar auf meinem Zimmer hergemacht, das alles forderte seinen Tribut. Mit einem gehörigen Brummschädel stolperte ich am Frühstücksbuffet vorbei, würdigte die Auswahl keines Blickes und begnügte mich mit Kaffee, Orangensaft und einer Alka-Seltzer.

Kaum hatte ich den ersten Schluck Kaffee genommen, warf mich ein ohrenbetäubendes Knattern aus der Bahn. Verwirrt sah ich mich um und suchte die Ursache dieses nervenzerfetzenden Geräuschs. Es dauerte einen Moment, bis ich merkte, dass es der Vibrationsalarm meines Handys war. Mühsam entzifferte ich die Displayanzeige: Lutz Stein, mein Chefredakteur. Wer sonst würde mich auch am zweiten Urlaubstag anrufen wollen? Beim dritten Versuch erwischte ich die Taste mit dem grünen Hörer und meldete mich.

»Shiva.«

»Shivachen, mein Herzblatt, dir ist doch garantiert schon todlangweilig in deinem Schneeparadies …«

»Im Gegenteil, Chefchen, mein Herzblatt, ich amüsiere mich blendend.«

»Und wie sagt man so treffend? Man soll aufhören, wenn's am schönsten ist. Pack deine Koffer, die Pflicht ruft.«

»Das ist mein erster Urlaub seit Jahren, du kannst mich nicht einfach –«

»Und ob ich das kann. Die neuen Zahlen sind da, unsere Auflage ist in den Keller gesackt. Das heißt alle Mann an Bord zur Krisensitzung! Um vierzehn Uhr in der Redaktion.«

»Und wenn ich auf dem mir gesetzlich zustehenden Urlaub beharre?«

»Werde ich mich sicherlich bei der nächsten Runde betriebsbedingter Kündigungen daran erinnern.«

»Wer könnte deinem Charme schon widerstehen«, seufzte ich auf.

Angewidert beendete ich das Gespräch. Wenn ich so etwas wie Appetit gehabt hätte, wäre er mir jetzt endgültig vergangen.

Ich ging aufs Zimmer und packte dies und das ein, ohne nachzudenken. Laptop, Block, Stifte und mein Beautycase, das sollte reichen. Vielleicht war ich ja am Abend doch wieder hier im Hotel. Die Hoffnung stirbt schließlich auch im Urlaub zuletzt.

Auf dem Weg zu meinem Auto, war ich in Gedanken schon in der Redaktion. »Alle Mann an Bord zur Krisensitzung …« Was meinte Lutz damit? Was lag an?

Als ich achselzuckend den Motor startete, fiel mir Susanna ein. Ich hatte eigentlich nach dem Frühstück mit ihr reden wollen. Um sie zu fragen, ob sie den Rotweinfleck aus ihrem Outfit herausbekommen hatte. Und, wenn der Vorwand abgehandelt war, um herauszubekommen, was mit dem armen Mädchen los war. Tja, dafür blieb mir nun keine Zeit mehr. Aber eine kurze Nachricht musste sein. Ich schaltete den Motor noch mal aus und sprintete an die Rezeption.

Dort ließ ich mir einen Bogen Hotel-Briefpapier geben und schrieb: »Hallo Susanna und Judith, ich muss unerwartet und dringend nach Berlin, vielleicht bin ich heute Abend schon wieder hier, vielleicht auch nicht, das weiß nur mein Chef. Susanna, wenn ich dir gestern Abend zu nahe getreten bin, nimm es mir bitte nicht übel. Es wäre toll, wenn wir uns noch mal sehen könnten, bevor ihr nach Hause fahrt.«

Schnell schrieb ich noch meine Handynummer dazu, für alle Fälle, tütete das Blatt in einen Umschlag ein und drückte ihn der Rezeptionistin in die Hand.

»Und wer soll das bekommen?«

Mist. Ich wusste weder die Nachnamen noch die Zimmernummern meiner neuen Bekannten. Eilig beschrieb ich die beiden. Ich sah am Gesichtsausdruck der Rezeptionistin, dass sie mich sofort verstand.

»Ach, die Damen meinen Sie! Betrachten Sie Ihre Nachricht als zugestellt.«

Auf dem Weg zum Auto überlegte ich noch, warum solche zuvorkommenden Rezeptionistinnen eine aussterbene Art waren, aber als ich den Wagen aus der Einfahrt lenkte, war ich in Gedanken schon in Berlin, in der Redaktion.

6

Wegen des ausgefallenen Frühstücks begann mein Magen zur Mittagszeit heftig zu rebellieren. Spontan hatte ich mich dieser Rebellion angeschlossen. Den Urlaub unterbrechen, okay, wenn's denn sein musste, aber dabei noch verhungern? Kam ja gar nicht in die Tüte. Also fuhr ich an der nächsten Ausfahrt raus und gönnte mir was Ungesundes. Einen fetten Cheeseburger, eine große Portion Pommes und einen Vanilleshake, da jubelte der Cholesterinspiegel, aber mein Kater verabschiedete sich endgültig.

Die Mittagspause brachte mich in heftige Zeitnot, und so bog ich erst um kurz vor zwei in die Schlüterstraße ein, wo die Redaktion zu Hause war. Wenigstens fand ich sofort einen Parkplatz, so dass ich tatsächlich gerade noch pünktlich war.

Den altersschwachen Lift mied ich und nahm stattdessen die Treppe in den vierten Stock. Irgendwie musste ich das Junkfood ja wieder abtrainieren. Und ich war nur ganz wenig außer Atem, als ich an Frau Malzahn vorbei ins Sitzungszimmer stürzte.

Frau Malzahn zog die Augenbrauen hoch, als sie mich sah. Frau Malzahn zog immer die Augenbrauen hoch, wenn sie mich sah. Frau Malzahn zog immer die Augenbrauen hoch, wenn sie irgendjemanden sah. Frau Malzahn hieß eigentlich Fräulein Schröder, aber die ganze Redaktion sagte Frau Malzahn zu ihr, nach dem Drachen aus »Jim Knopf«. Die streng nach hinten gebundenen Haare, das kantige Gesicht und der ausdruckslose Blick verliehen ihr einfach das Aussehen eines Drachens, der seine Beute scheinbar teilnahmslos musterte, bevor er Pech und Schwefel regnen ließ. Aber vermutlich war ein Drache das einzige

Wesen, das so etwas wie Ordnung und Disziplin in die Redaktion des »Aktuellen Blatts« bringen konnte. Frau Malzahn war unsere Redaktionssekretärin.

Im Sitzungszimmer kam ich wieder zu Atem. Irgendwann vor zwanzig Jahren war dieser Raum zum letzten Mal tapeziert worden, und vor fünf Jahren hatte man zum letzten Mal gelüftet. Verraucht, vermieft, vermufft ... Wir waren eben nicht beim »Spiegel«, sondern beim »Aktuellen Blatt«.

Lutz' verschlissener Ledersessel stand am Kopfende des langen Redaktionstischs. Wir Redakteure und Reporter mussten mit einem bunten Sammelsurium nicht zusammenpassender Holzstühle vorliebnehmen. Es war vierzehn Uhr, die Kollegen tröpfelten herein, einer nach dem anderen. Und einer nach dem anderen starrte mich an, als wäre ich ein Alien, das gerade mit einem Raumschiff in der Schlüterstraße gelandet war.

»Was ist denn los? Sehe ich aus wie ein Gespenst?«, rief ich in die Runde.

»Das tust du immer. Aber wir dachten, du spukst heute in Oberhof«, kam es von Bertram Schulte, dem dienstältesten Redakteur zurück.

»Ich spuke dort, wo Lutz mich hinstellt. Und Lutz wollte mich heute in der Schlüterstraße rumgeistern sehen. Weiß einer von euch, was eigentlich anliegt?«

Allgemeine Ratlosigkeit. Schulterzucken, gen Himmel verdrehte Augen ... Keiner wusste Bescheid, und alle waren genervt, wie immer, wenn Lutz etwas Neues ausbrütete. Gedankenverloren zündete ich mir eine Zigarette an.

Und zack stand Müller-Jebens neben mir: »Unterlassen Sie sofort diese gesundheitsschädigende Qualmerei! Wohl noch nie was vom Nichtraucherschutzgesetz gehört?«

Augenrollend drückte ich meine Zigarette aus. »Bin mal gespannt, ob Sie unseren Chefredakteur auch auf die aktuelle Gesetzeslage hinweisen, wenn er mit seiner stinkenden Zigarre hereindampft.«

Und da kam Lutz Stein auch schon, wie immer einen dicken, qualmenden Glimmstängel im Mundwinkel, wedelte ungeduldig mit der Hand und bedeutete uns, Platz zu nehmen. Müller-Jebens stellte ihm hilfsbereit einen Aschenbecher hin, doch Lutz nahm davon keine Notiz. Ich konnte mir ein höhnisches Grinsen nicht verkneifen.

»Herrschaften, es steht nicht gut um unser Blatt. Dass Print in der Krise ist, muss ich niemandem sagen, das wisst ihr selbst, Internet, Blogs, Contentdingsbums ... Ihr kennt diese ganzen Diskussionen. Bisher war das für uns eher abstrakt, jetzt wird es allerdings verdammt konkret: Die Auflage ist um fünfzehn Prozent eingebrochen, die Werbekunden fangen an sich zurückzuziehen, und wenn nicht sofort etwas geschieht, sind wir am Arsch.«

Das saß. Die hartgesottenen Herren und Damen Journalisten – Shiva inklusive – guckten betreten vor sich hin. Wir hatten zwar gewusst, dass es nicht gut um unser Blatt stand, aber gleich so schlimm? Lutz blickte in die Runde und sog den Rauch seiner Zigarre tief ein. Es dauerte, bis er den Rauch wieder ausblies. Wo hatte er ihn nur so lange aufbewahrt?

»Herrschaften, wir haben nur noch einen Schuss frei. Entweder uns gelingt ein Befreiungsschlag, oder die Geschäftsführung macht den Laden dicht.«

»Das können sie doch nicht machen, Lutz. Ich meine, das ›Aktuelle Blatt‹ ...«

Lutz sah Bertram Schulte eisig an. »Was können sie nicht machen? Eine Geschäftsführung, die in Panik gerät, kann alles machen, was sie will. Ob es sinnvoll ist oder nicht. Wir haben tatsächlich nur noch eine Chance, um dem Kahlschlag zu entgehen: Raus aus dem Auflagentief, aber sofort.«

Wir wechselten verzagte Blicke. Dieser Ton war neu bei Lutz, er schien es ernst zu meinen.

»Mit was verkauft man Blätter, Herrschaften? Mit den drei großen Themen Sex, Geld und Tod. Und wo finden wir diese

Themen in unschlagbarer Kombination? Richtig, in den großen Kriminalfällen. Und deshalb beginnen wir mit der nächsten Ausgabe eine Serie über die großen Kriminalfälle der Neuzeit. Und da erwarte ich von euch allen nicht weniger, als dass ihr euch selbst übertrefft. Ich will Details, die noch nirgendwo zu lesen waren, ich will, das ihr ungelöste Fälle neu aufrollt, ich will Fotos satt, ich will bestes Lesefutter: Die Leute müssen den Kioskbesitzern unser Blatt aus den Händen reißen.«

Wir staunten Lutz mit offenem Mund an. Keiner sagte ein Wort.

»Wie darf ich diese Stille jetzt verstehen? Hat irgendjemand ein Problem mit dem Projekt? Hat irgendjemand etwas auszusetzen? Ich höre.«

Richtig berauschend hatte sich seine Idee nun wirklich nicht angehört. Trotzdem traute sich keiner der Kollegen, etwas zu sagen. Weil ich Lutz seit Jahren kannte und wusste, dass er ein offenes Wort schätzte, gab ich mir einen Ruck: »Wie wär's, wenn du uns einfach ein bisschen mehr erzählst? Wie die Serie aussehen soll, was du dir vorstellst …«

»Meinetwegen. Kann euch ja nicht dumm sterben lassen.«

Lutz lutschte ein wenig an seiner ekligen Zigarre und schaute an die Decke, als ob von dort die Erleuchtung über ihn kommen würde. Dann schnellte er mit einem Ruck nach vorn, schaute in die Runde und fuhr fort: »Wir nehmen uns ein paar historische Kriminalfälle vor, Sachen, von denen jeder Leser schon mal gehört hat, Sachen, die richtig Sensation gemacht haben, als sie passiert sind …«

»Ja, als sie passiert sind, waren sie sensationell. Aber heute sind sie doch kalter Kaffee, oder?« Ich konnte einfach meine Klappe nicht halten.

»Aber Shivachen, wir wollen den kalten Kaffee nicht aufwärmen, wir wollen ganz frischen Kaffee aufbrühen. Wozu hab ich die besten investigativen Journalisten des Landes um mich geschart? Was die Geschichten anbelangt: Ihr habt vollkommen freie Hand. Solange ihr etwas Neues ausgrabt. Einen Knüller. Etwas, das den Leser dazu bringt, endlich wieder unser Blatt zu kaufen.«

Etwas Neues ausgraben? In historischen Kriminalfällen? Na, Mahlzeit!

»Sammelt Material, das vorher so noch nicht bekannt war. Führt Interviews. Vielleicht erinnert sich jetzt jemand an etwas, das ihm damals nicht in den Sinn gekommen ist. Nehmt diese Fälle nicht so hin, wie sie erscheinen, sucht das Außergewöhnliche. Wir brauchen nicht irgendeinen Schnulli, wir brauchen die Sensation! Sind jetzt noch Fragen? Nein? Hätte mich auch gewundert.«

Was sollte man denn noch fragen, wenn einem der eigene Chef gerade die größte Schnapsidee des 21. Jahrhunderts vorgesetzt hatte? Aber einmal in Fahrt, war Lutz nicht mehr zu bremsen.

»Okay, weiter im Text. Ich verteile die Aufgaben. Dennis, du übernimmst Vera Brühne. Silvio, Rosemarie Nitribitt. Marie, Uwe Barschel. Jörg, du hast Jürgen Bartsch. Dirk, du nimmst diese angebliche Selbstmordgeschichte Kollbeck, Betonung liegt auf ›angeblich‹, klar? Anne, mach dich mit dem sogenannten ›Ekel von Rahnsdorf‹ vertraut. Und Shiva …«

Jetzt wurde es spannend.

»… für dich hab ich den Kreuzworträtselmord vorgesehen.«

Wie bitte?

»Alles klar, Herrschaften? Sieht so aus. Dann gehen diejenigen, denen ich einen Fall zugeteilt habe, hurtig an die Arbeit. Und die anderen überlegen sich, wie wir unsere neue Serie auflagensteigernd verkaufen können. Ich erwarte morgen früh die ersten Vorschläge!«

»Und wann willst du die fertigen Storys?«

»Dumme Frage. Vorgestern.«

Lutz sprang auf und eilte aus dem Raum. Ich hechtete hinter ihm her und erwischte ihn im Flur.

»Sag mal, ist das dein Ernst?«

»Was?«

»Mir den Kreuzworträtselmord aufzudrücken.«

»Hast du was dagegen?«

»Und ob. Das ist doch tote Hose. Vor dreißig Jahren lückenlos aufgeklärt, Täter verknackt und weggesperrt … Was soll ich da bitteschön noch ausgraben?«

»Shiva, Herzchen –«

»Du sollst mich nicht Herzchen nennen!«

»Ich werd doch mein bestes Stück, mein As im Ärmel, nicht auf einen Fall ansetzen, der tote Hose ist. Ich bin mir hundertprozentig sicher, dass zu dieser Geschichte das letzte Wort noch nicht gesprochen ist …«

»Und wie kommst du zu dieser Ansicht, Lutz?«

»Keine Ahnung. Bauchgefühl. Instinkt.«

»Du gibst mir diesen Schnarchfall wegen eines dämlichen Bauchgefühls? Ich fass es nicht!«

»Wart ab, Shiva. Knie dich rein. Ich bin mir sicher, wenn irgendwer zu diesem Mordfall noch etwas ausgräbt, dann du.«

»Dein Wort in Gottes Ohr, aber –«

Bevor ich weiterreden konnte, hatte Lutz mir seine Bürotür vor der Nase zugeknallt. Aber so einfach ließ ich mich nicht abspeisen. Ich hämmerte an seine Bürotür, bis er sie genervt einen Spalt öffnete.

»Was ist denn noch?«

»Was ist mit meinem Urlaub?«

»Tja, da hast du wohl mehrere Möglichkeiten. Entweder, du brichst deinen Urlaub ab, oder du fährst zurück, machst weiter Urlaub und fängst dann mit deinem Fall an, oder …«

»Oder was?«

»… oder du nimmst dir ein bisschen Arbeit mit in den Urlaub.«

Damit machte er die Tür wieder zu.

Mit mir nicht. Mein Urlaub war lange überfällig, einen Tag hatte ich schon verloren, ich hatte die Schnauze voll vom

»Aktuellen Blatt«, von Lutz und von allen Kreuzworträtselmorden dieser Welt.

»Bis in einer Woche, Shiva!« - »Erhol dich gut!« - »Viel Spaß in Oberhof!« Die Kollegen verabschiedeten mich schon zurück in den Urlaub, als sie auf dem Flur an mir vorbeiliefen. Ich zuckte die Achseln und verließ die Redaktion. Frau Malzahn grinste mich höhnisch an, als ich an ihr vorbeiging, aber sie staunte nicht schlecht, als ich zwei Minuten später zurückkam. Im Treppenhaus war mir eingefallen, dass ich mir ja tatsächlich ein wenig Arbeit mit in den Urlaub nehmen konnte.

Ich ignorierte die Kommentare der Kollegen, setzte mich an meinen Schreibtisch und schaltete meinen Computer ein. Während das altersschwache Ding hochfuhr, hatte ich genug Zeit, mir die wichtigsten Fakten des Kreuzworträtselmords ins Gedächtnis zu rufen.

Anfang der Achtzigerjahre hatte ein Streckenwärter an der Bahnstrecke Halle–Leipzig einen Koffer gefunden, der offensichtlich aus einem fahrenden Zug geworfen worden war. Im Koffer befand sich die Leiche eines kleinen Jungen, missbraucht und ermordet. Und ein paar alte Zeitungen waren in dem Koffer, mit ausgefüllten Kreuzworträtseln. Der Junge war in Halle als vermisst gemeldet worden.

Es folgte die größte Fahndungsaktion der DDR-Geschichte. Die Kripo nahm praktisch von jedem Bürger Halles eine Schriftprobe, und schließlich, nach endlosen Monaten, hatten sie die Person, die die Kreuzworträtsel ausgefüllt hatte. Wer das war, wusste ich nicht mehr, ich wusste nur noch, dass es eine Frau war, die als Täterin nicht in Frage kam. Aber das Täterprofil passte auf den Freund ihrer Tochter. Und der war's dann auch, er gestand bei der ersten Vernehmung. Sieht man mal von der gigantischen Schriftprobensammlung der Kripo ab, war's eine einfache, geradlinige Geschichte. Mit einem ordentlichen Ende, nämlich der Überführung und Verurteilung des Täters: Was erwartete Lutz, das ich ausgrabe, verdammt noch mal?

Mittlerweile hatte der Rechenknecht sein Windows geladen und sich gnädig mit Redaktionsnetzwerk und Internet verbunden. Ich googlete, ohne weiter nachzudenken, ein wenig vor mich hin: Gab es seit damals neue Erkenntnisse in diesem Fall? Eine Änderung der Faktenlage? Gerüchte? Augenscheinlich nichts dergleichen. Wikipedia teilte mir mit, dass der Täter 1999 endgültig entlassen worden war und seither anonym in Thüringen lebte. Immerhin, das war ein Anfangspunkt, an dem man einhaken konnte.

Ich angelte mir das Telefon und wählte eine Nummer, die ich auswendig wusste. Nach zweimaligem Läuten meldete sich die Pressestelle der Polizei.

»Shiva hier, eure Stammkundin vom ›Aktuellen Blatt‹. Ich bräuchte mal eine historische Auskunft.«

»Probieren Sie's doch bei den Historikern an der Humboldt-Uni, die sind dafür besser ausgestattet.«

»Ach, Schultze, Sie sind's. Immer ein Späßchen auf Lager, so sind Sie halt …«

»Was brauchen Sie denn, Shiva?«

Ich hatte ein gutes Verhältnis zu Schultze von der Pressestelle. Ich pflegte grundsätzlich fair über die Polizei zu berichten, und deshalb bekam ich … nun ja, nicht direkt eine Sonderbehandlung, aber ich bekam, was ich wollte. Was nicht jeder Kollege von sich behaupten konnte.

»Brandheiße Infos über den Kreuzworträtselmord wären nicht schlecht.«

»Den Kreuzwort–? Haben Sie getrunken?«

»Ja, vor zwei Stunden. Einen Vanilleshake.«

»Der Kreuzworträtselmord wurde vor über dreißig Jahren aufgeklärt. Was will denn ausgerechnet Ihr Revolverblatt mit diesem Kalter-Kaffee-Fall?«

»Fragen Sie meinen Chefredakteur. Und die Bezeichnung Revolverblatt verbitte ich mir.«

»Also gut, was will Ihr Chefredakteur mit diesem Kalter-Kaffee-Fall?«

»Das darf ich Ihnen nicht sagen. Redaktionsgeheimnis. Können Sie mir nun weiterhelfen oder nicht?«

»Shiva, ich fürchte, dazu fällt mir nichts ein. Soweit ich weiß ist der Fall seit Jahrhunderten abgeschlossen. Ich kann herausfinden, ob Sie in einem unserer Archive –«

»Sparen Sie sich die Mühe. Tja, war einen Versuch wert, aber dann muss ich eben anderweitig gucken … Danke trotzdem.«

Ich legte auf und begann zu warten. Ich war mir ziemlich sicher, dass die Drohung, dass unser Blatt den Fall womöglich wieder an die Öffentlichkeit zerren würde, den einen oder anderen Menschen im Präsidium aufscheuchen würde. Und vielleicht interessierte das »Redaktionsgeheimnis«, das ich gerade erfunden hatte, irgendjemanden so sehr, dass er sich mit mir treffen wollte …

Eine Stunde verging. Und eine zweite. Vielleicht war ich doch überoptimistisch gewesen. Warum sollte irgendjemand bei der Polizei auf so einen primitiven Bluff reinfallen? Wenn ich jetzt mit Bleifuß zurück nach Oberhof donnerte, könnte ich an der Bar noch einen Mojito … Mein Telefon klingelte.

»Das aktuelle Blatt, Shiva am Apparat.«

»Sag mal, wieso bist du denn im Büro, ich denk du bist im Urlaub? Ich wollt dir bloß auf die Mailbox sprechen wegen –«

»Nicht jetzt, Senta, bitte. Ich warte auf einen dringenden Anruf.«

Genervt drückte ich die freie Mitarbeiterin weg, die mir vermutlich nur wieder eine kreuzdämliche Homestory über einen Semi-Prominenten andrehen wollte. Keine Sekunde zu früh, denn kaum hatte ich aufgelegt, klingelte das Telefon schon wieder. Und diesmal war kein nervender Sopran am anderen Ende der Leitung, sondern ein sympathischer Bassbariton.

»Kriminalrat Glosswig hier, spreche ich mit Frau Shiva?«

»Einfach Shiva, ohne Frau. Ja, das tun Sie. Was verschafft mir die Ehre?«

»Schultze von der Pressestelle hat mir gesagt, dass sich die Boulevardpresse mal wieder für den Kreuzworträtselmord interessiert.«

Immerhin, »Boulevardpresse« hörte sich schon wesentlich angenehmer als »Revolverblatt« an.

»Wir interessieren uns für alles, was unsere Leser interessiert. Und ja, dazu könnte auch der Kreuzworträtselmord gehören.«

»Sind Sie denn mit den Feinheiten dieses Falls vertraut?«

»Ich weiß, was jeder gute Journalist darüber wissen sollte.«

»Mit anderen Worten, Sie haben kurz in Ihrem Gedächtnis gekramt und sich die ersten zehn Treffer der entsprechenden Google-Suche angeguckt.«

Er hatte mich ertappt, doch den Triumph konnte ich ihm nicht gönnen.

»Sie sollten nicht von sich auf andere schließen. Vielleicht weiß ich ja über den Fall mehr als Sie.«

»Das ist unwahrscheinlich. Ich war seinerzeit bei den Ermittlungen dabei.«

Ich war wie elektrisiert. Jemand, der dabei gewesen war. Das konnte eine Quelle von unschätzbarem Wert werden. Oberhof war plötzlich ganz weit weg.

»Dann wissen Sie sicherlich mehr über den Fall als ich, entschuldigen Sie bitte.«

»Kein Problem.«

»Können wir uns treffen?«

»Wenn Sie mir eine ehrliche Antwort geben, warum Sie in der alten Geschichte herumstochern, vielleicht.«

»Mein Chefredakteur hat ein Bauchgefühl. Und wenn er ein Bauchgefühl hat, muss ich in alten Sachen rumstochern. Dafür werde ich bezahlt.«

»So einfach soll das sein?«

»So einfach ist das.«

Am anderen Ende der Leitung war es einen Augenblick still. Vermutlich dachte mein unbekannter Gesprächspartner nach.

»Na schön, treffen wir uns. Was halten Sie von der Markthalle am Marheinekeplatz?«

»Unruhiger geht es wohl nicht.«

»Es gibt guten Kaffee und ist nicht allzu weit vom Präsidium entfernt.«

»Guten Kaffee gibt's auch in der Mokkabar, und die ist nur ein paar Schritt weiter in der Gneisenaustraße.«

»Kenn ich. Überredet. Morgen um zehn?«

»Heute passt's Ihnen nicht mehr?«

»Kind, es geht auf siebzehn Uhr zu, und ich bin ein Beamter, der sich rapide der Pensionierungsgrenze nähert. Sie wollen mit mir über einen Fall reden, den wir vor über dreißig Jahren abgeschlossen haben. Können Sie mir eine Möglichkeit nennen, wie ich dafür bei unserer Rechnungsstelle die Überstunden durchbekomme?«

»Also gut, morgen. Wie erkenne ich Sie?«

»Darf man in der Mokkabar rauchen?«

»Nein.«

»Dann hab ich eine kalte Pfeife im Mund.«

»Alles klar. Bis morgen.«

Ich atmete tief durch und begann, meinen Schreibtisch aufzuräumen. Ob Lutz mit seinem Bauchgefühl doch recht hatte? Morgen würde ich mehr wissen. Auf alle Fälle hatte ich die Tür zu dem abgeschlossenen Fall ein Stück weit aufgestoßen und meine große Zehe in den Spalt geklemmt.

Und ich war auf alles vorbereitet: Ich hatte mein Beautycase dabei.

7

Eigentlich wollte ich etwas zu früh in der Mokkabar sein, aber die Parkplatzsuche machte meinem Zeitplan einen Strich durch die Rechnung. Ziemlich außer Atem stürmte ich schließlich ins Lokal und sah mich um. Mein Date war absolut nicht zu übersehen, auch ohne die kalte Pfeife, die er sich hastig in den Mund steckte, als er mich sah.

Was absolut nicht nötig war, denn Kriminalrat Glosswig war auch von ungeübten Augen sofort als in langen Dienstjahren gehärteter Bulle zu erkennen. Die kerzengerade Haltung, der wachsame Blick, dem nichts entgehen konnte, und der leicht ermüdete Gesichtsausdruck, der Zeugnis davon ablegte, wie viel Gewalt und Leid dieser Mann schon gesehen und erlebt hatte – unverkennbar ein Polizist. Ich ließ mich ihm gegenüber in den Stuhl fallen.

»Entschuldigen Sie die Verspätung, aber der Verkehr … Sie kennen das ja sicher auch.«

Er wedelte ungeduldig mit der Hand. »Kein Stress, ich habe Zeit.«

Ich stellte Laptop und Diktiergerät auf und fragte routinemäßig, ob ich das Gespräch mitschneiden dürfte.

»Ich habe nichts zu verbergen«, antwortete er und sah mich lange an, als ob ich diejenige wäre, die Geheimnisse hätte. Die Masche kannte ich. Das Diktiergerät begann aufzunehmen.

»Bevor Sie mit Ihren Fragen anfangen, lassen Sie bitte mich eine stellen: Warum der Kreuzworträtselmord? Warum, nach all den Jahren? Hat Ihr Blatt ein ehrliches journalistisches Interesse, oder sind Sie auf Sensationsmache aus?«

»Okay, vergessen Sie die Sache«, raunzte ich, klappte meinen Laptop zu und begann, meine Sachen einzupacken.

»Sie geben aber schnell auf«, wunderte er sich, ohne den Anflug eines Lächelns.

»Ich bin mir ziemlich sicher, dass Sie mich genauso recherchiert haben, wie ich Sie ausgecheckt habe. Sie wissen, was für eine Sorte Journalistin ich bin. Ihre Frage ist daher –«

»Beleidigend?«

»Überflüssig. Ich bin Profi, für Spielchen habe ich keine Zeit.«

Er hob entschuldigend beide Hände und lächelte. »Bitte setzen Sie sich wieder, ich hab es nicht so gemeint. Ich bin nur schon so oft über diesen Fall ausgefragt worden …, und hab mir gelegentlich eine Menge Ärger eingehandelt. Da wird man misstrauisch.«

»Sie brauchen sich keine Sorgen zu machen. Ich arbeite seriös, das Blatt, für das ich arbeite, ist seriös –«

»Seriös? Das ›Aktuelle Blatt‹?«

»Im Vergleich zur Konkurrenz sind wir das reinste Bistumsblättchen.«

»Und warum interessiert sich Ihr Bistumsblättchen für einen längst abgeschlossenen Mordfall, an den sich kein Mensch mehr erinnert?«

»Das Ganze ist ein Projekt der Chefredaktion, eine Serie über sieben historische Kriminalfälle aus dem zwanzigsten Jahrhundert. Und mein Chef hat mir diese Kreuzworträtselsache aufgedrückt … wollte sagen, er hat mir die Geschichte gegeben. Ich hab mich nicht danach gedrängt. Der Fall liegt dreißig Jahre zurück, es erinnert sich vermutlich wirklich niemand mehr daran.«

»Wenn Sie sich da mal nicht irren. Sicher, es ist lange her, aber es war einer *der* Kriminalfälle überhaupt in der DDR. Ich frag mich nur, warum Ihr Chef diese alte Geschichte überhaupt wieder aufrollen will.«

»Er hat ein Bauchgefühl.«

»Bitte?«

»Lutz … ich meine die Chefredaktion lässt sich gelegentlich gern von ihren Instinkten, ihren journalistischen Instinkten leiten. Er hat einfach vermutet, dass es irgendeinen Aspekt an der Sache gibt, der für eine große Story taugen könnte. Und dann hat er mich losgeschickt, um diesen Aspekt zu finden.«

»Offen gestanden fällt es mir etwas schwer, das zu glauben. Er schickt Sie wirklich nur wegen seines Bauchgefühls los?«

»So ist er. Sie sind doch Polizist. Haben Sie sich bei einem Fall noch nie von Ihren Instinkten leiten lassen?«

»Treffer. Gut, vielleicht kann ich Ihnen tatsächlich vertrauen. Wie gut kennen Sie sich mit dem Fall aus? Haben Sie sich mit dem vorhandenen Material beschäftigt?«

»Nein.«

»Sie hätten sich die Zeit nehmen sollen, dann könnten wir uns jetzt einiges an Zeit sparen.«

»Sorry, aber das mache ich grundsätzlich nicht, schon gar nicht am Anfang einer Recherche. Ich versuche, so unbefangen wie möglich an eine neue Geschichte heranzugehen.«

»Neue Geschichte … na ja …«

»Erzählen Sie doch einfach mal.«

Er nahm seine Pfeife in die Hand, erinnerte sich an das Rauchverbot, legte sie wieder weg und seufzte. »Also gut. Ich hatte damals Dienst auf der zuständigen Wache. Es war nichts los, ein stinknormaler Abend. Und plötzlich platzte diese Frau hinein, vollkommen aufgelöst. Sie redete ohne Punkt und Komma, wir haben erst gar nicht verstanden, was sie von uns wollte. Wir haben ihr ein Glas Wasser gegeben und schon mal nach einem Arzt telefoniert, falls eine Beruhigungsspritze notwendig werden sollte, aber schließlich hat sie ein paar verständliche Sätze herausgebracht. Ihr kleiner Sohn, Lars, sieben Jahre alt, war nicht nach Hause gekommen. Sonst ein ordentliches Kind. Immer pünktlich. Der Kleine war am Nachmittag ins Kino gegangen und hätte danach sofort nach Hause kommen sollen. Hat er aber bis zur Stunde nicht gemacht. Hatte er vorher noch nie gemacht.«

Glosswig starrte einen Moment lang seine kalte Pfeife an. Er hätte jetzt wohl gerne geraucht, stattdessen seufzte er.

»Wir ließen das übliche Procedere ablaufen. Könnte Lars nicht woanders sein? Ist er vielleicht bei einem Freund und hat die Zeit vergessen? Kann er irgendwelche Verwandte besucht haben? Ist er bei Bekannten, bei den Nachbarn? Das ganze Pipapo, das wir in solchen Fällen immer abfragen. Aber die Mutter hörte uns gar nicht zu. Sie schrie uns an, wir sollten aufhören rumzuhocken, wir sollten ihr helfen, ihren Sohn zu suchen.«

Er zuckte mit den Schultern.

»Was sollten wir machen? Wir haben eine Streife losgeschickt, die den Weg vom Kino zur Wohnung ablaufen sollte, um nach Hinweisen zu suchen. Die Mutter haben wir nach Hause gebracht, was gar nicht so einfach war.«

»Wie hieß die Frau überhaupt?«

»Bense. Sie haben tatsächlich noch nicht recherchiert. Kennen nicht einmal den Namen des Mordopfers. Wie dem auch sei, irgendwie haben wir sie nach Hause bugsiert und ihr eine Beruhigungsspritze verpassen lassen. Natürlich haben wir versprochen, uns umgehend zu melden, sobald wir irgendetwas in Erfahrung gebracht hätten, aber der Junge blieb spurlos verschwunden. Trotz unserer Suchtrupps, die die ganze Nacht die Gegend durchkämmt haben. Und als er am nächsten Morgen immer noch nicht aufgetaucht war, haben wir ein riesengroßes Fass aufgemacht. Aufmachen müssen.«

»Wieso das denn?«

»Weil es nicht sein konnte, dass in unserer Vorzeigegesellschaft mal eben so ein kleiner Junge verschwindet. Nicht in unserer sozialistischen Republik. Und weil nicht sein kann, was nicht sein darf …«

Er schwieg wieder, schaute an die Decke, als ob da die Stichworte stehen würden, die seiner Erinnerung auf die Sprünge helfen würden. Und ich dachte, dass Lutz mit seinem verdammten Bauchgefühl vielleicht doch recht haben könnte. Vielleicht steckte ja doch eine Geschichte in diesem ausgelutschten, uralten Fall.

»Sozialismus hin, Sozialismus her, der Junge war einfach nicht auffindbar. Trotzdem gaben wir die Hoffnung zunächst nicht auf, aber nach ein paar Tagen … Es war Mitte Januar, als der Junge verschwand. Und es war sehr kalt in diesem Jahr. Ende Januar kam dann die traurige Gewissheit. Ein Gleisbauarbeiter hatte einen alten, zerbeulten Koffer gefunden, an den Gleisen zwischen Halle und Leipzig, im Schnee.«

»Und Sie wussten gleich, um wen es sich bei der Leiche handelte?«

Glosswig nickte. »Ja, da war Lars drin. An seiner Identität bestand schon vor der Obduktion kein Zweifel.«

»Furchtbar.«

»Furchtbar ist es, so was den Eltern sagen zu müssen.«

»Wie haben sie reagiert?«

»Das wollen Sie nicht wissen.«

Natürlich wollte ich es wissen, wozu bin ich Journalistin? Aber ich fühlte, dass es besser war, nicht nachzuhaken. Die Geschichte ging ihm immer noch an die Nieren, nach all den Jahren. Ich sah, dass seine Tasse leer war.

»Noch einen Kaffee?«

»Gern.«

Wir bestellten, und während wir auf unsere Milchkaffees warteten erzählte Glosswig weiter.

»Ich hab wirklich einiges erlebt als Polizist, aber dieser Fall … ein kleiner Junge, der das ganze Leben noch vor sich hatte … Eine derart menschenverachtende Tat habe ich nie für möglich gehalten. Und den Kollegen ging es genauso.«

»War außer … außer der Leiche noch etwas in dem Koffer?«

»Seine Kleidung. Und natürlich die Kreuzworträtsel.«

»Die was?« Ich wusste natürlich, was es mit den Kreuzworträtseln auf sich hatte, aber ich wollte versuchen, mit meinen etwas naiven Fragen mehr aus Glosswig herauszubekommen.

»Die Kreuzworträtsel, die, die dem Fall den Namen gegeben haben. Der Täter hatte die Zwischenräume im Koffer mit Zeitschriften und Zeitungen ausgestopft. Und in diesen Zeitungen hatte jemand die Kreuzworträtsel ausgefüllt.«

»Der Täter war also ein Rätselfreund.«

»Nicht so voreilig, meine Liebe. Die Person, die die Rätsel gelöst hatte, musste ja nicht der Täter sein. Uns erschien es sogar von Anfang an als höchst unwahrscheinlich, dass der Täter die Rätsel gelöst hatte.«

»Wieso das denn?«

»Der Täter hatte seine Spuren sehr sorgfältig verwischt, außer den Kreuzworträtseln gab es so gut wie keine Anhaltspunkte. Wir glaubten nicht, dass er uns freiwillig eine Handschriftprobe geliefert hatte.«

»Der Täter hatte nicht gewusst, dass die Kreuzworträtsel ausgefüllt waren?«

»Davon gingen wir aus, aber brachte uns das weiter? Pustekuchen. Wir hatten zwar eine Spur, aber die führte erst mal nirgendwo hin. Wir waren in Halle-Neustadt, und da lebten 1981, zum Zeitpunkt des Mordes, fast einhunderttausend Menschen. Und überhaupt, wir wussten ja gar nicht, ob unser Täter aus Halle-Neustadt kam. Er hätte ja genauso gut aus einem Ort in der Umgebung kommen können. Oder aus einer ganz anderen Stadt.«

»Aber Sie haben doch sicherlich einen Schriftexperten hinzugezogen, der musste ihnen doch etwas über die Person sagen können, die diese Rätsel –«

»Der hat uns gesagt, dass die Rätsel alle von der gleichen Person ausgefüllt worden waren, aber das wussten wir schon vorher. Von einer Frau mittleren Alters.«

»Einer Frau?«

»Die als Täterin nicht in Frage kam. Die Verletzungen, die man dem Jungen zugefügt hatte … Das konnte keine Frau gewesen sein.«

Der Kellner hatte die frischen Milchkaffees hingestellt. Glosswig schüttete sich reichlich Zucker in seinen und nahm einen Schluck, bevor er fortfuhr.

»Aber immerhin hat er uns die Sätze formuliert, die wir dann bei den Schriftproben verwendet haben.«

»Bei den Schriftproben?«

»Ja, eine beispiellose Aktion in der Kriminalgeschichte. Nicht nur in der DDR, sondern weltweit. Wir haben von jedem Bürger Halle-Neustadts, der irgendwie einen Griffel halten konnte, eine Schriftprobe eingeholt. Wir haben die Mülltonnen durchwühlt, jedes Stückchen beschriebenes Papier gesichert und mit den Kreuzworträtseln verglichen.«

»Das ist doch Wahnsinn.«

»Ist es Wahnsinn, so hat es doch Methode, sagt der Dichter.«

»Goethe, nicht wahr? Aus dem Faust.«

»Mag sein, das ist Ihr Fachgebiet, meins ist die Polizeiarbeit. Und die hat sehr viel mit Methode zu tun. Mit Systematik. Wir hatten zwei Anhaltspunkte: den Koffer und die Kreuzworträtsel. Den Koffer haben wir öffentlich ausgestellt, Fotos von dem verdammten Ding in allen Zeitungen der DDR veröffentlicht – nichts. Blieben die Schriftproben.«

»Ein ungeheurer Aufwand.«

»Für den Fall hatten wir alle Freiheiten, konnten so viele Kollegen für unsere SoKo anfordern, wie wir wollten. Ein dermaßen abscheuliches Verbrechen gehörte nicht in die sozialistische Gesellschaft, der Täter musste überführt werden, koste es, was es wolle.«

»Was Ihnen ja schließlich gelungen ist.«

»Schlussendlich, ja. Auf Umwegen. Tatsächlich fanden wir die Frau mittleren Alters. Und ihre Tochter.«

»In Halle-Neustadt.«

»Knapp daneben. In Potsdam. Da machten sie Urlaub, bei der anderen Tochter.«

»Die Kreuzworträtslerin hatte also zwei Töchter. Und nur noch eine wohnte zu Hause.«

»Nein, die war wohl auch schon aus dem Haus, aber die beiden besuchten zu dem Zeitpunkt die ältere Tochter der Schreiberin. Na, den Urlaub hatten sie sich bestimmt anders vorgestellt.«

»Ich nehme an, dass die Polizei ganz schön was auf die Beine gestellt hat.«

»Worauf Sie einen lassen … will sagen, da können Sie sicher sein. Monatelang haben wir nach der Nadel im Heuhaufen gesucht, dann finden wir die Nadel in der Nähe von Potsdam und wollen nicht das geringste Risiko eingehen … Ich glaube, wir sind dort mit einer Hundertschaft angerückt.«

»Die müssen sich doch furchtbar erschrocken haben.«

»Das war uns so was von egal.«

»Aber Mutter und Tochter wurden doch nur als Zeuginnen befragt, da hätten Sie ihnen doch sagen können, das sie eigentlich nichts zu befürchten haben.«

»Das haben wir natürlich nicht gemacht. Wir wussten ja nicht, in welcher Beziehung die beiden zum Täter standen, ob sie vielleicht Komplizinnen waren, oder was sonst.«

»Sie haben die beiden eingeschüchtert?«

»Wir wollten den Täter fassen, so schnell wie möglich. Bevor er ein weiteres Kind umbringen konnte.«

»Sie haben meine Frage nicht beantwortet.«

»Wir haben in Potsdam zugegriffen und die beiden Zeuginnen so schnell wie möglich, noch in der gleichen Nacht, will sagen im Morgengrauen nach Halle-Neustadt gebracht, wo wir sie dann getrennt verhört haben.«

»Getrennt?«

»Standard-Vorgehensweise. Falls die Zeugen sich abgesprochen haben, kommt man durch eine getrennte Befragung schnell dahinter. Das war aber letztlich vollkommen überflüssig, wir sind beinahe sofort auf die heiße Spur gestoßen, auf die wir gehofft hatten.«

Glosswig grinste, als würde er die Situation noch mal erleben, nahm noch einen Schluck Kaffee und fuhr fort: »Wir haben den beiden Frauen den Koffer gezeigt, die Zeitschriften, die Plastiktüten, die auch noch im Koffer waren, und die beiden erkannten alles sofort wieder. Die Mutter war jedoch zur Tatzeit gar nicht in Halle-Neustadt gewesen, sie hat damals an der Ostsee gearbeitet, auf dem Darß. Die Tochter hat solange die Wohnung gehütet. Und sie hatte einen Freund, der einen Wohnungsschlüssel besaß …«

»Ach.«

»Ja. Ab dann ging alles sehr schnell. Wir haben uns natürlich sofort den Freund gegriffen, der ganz brav auf seiner Arbeitsstelle war. Und der junge Mann ließ sich wort- und widerstandslos von uns abführen, stellte keine Fragen, nichts. Als hätte er auf uns gewartet.«

»Das kommt ja beinahe einem Schuldeingeständnis gleich.«

»In der Tat. Das richtige Geständnis ließ dann auch nicht lange auf sich warten. Wir hatten kaum mit dem Verhör begonnen, da sprudelte es nur so aus ihm heraus, alles, jede schreckliche Einzelheit hat er uns erzählt. Nach zehn Monaten mühseliger Spurensuche war das wie ein Sechser im Lotto.«

»Und?«

»Was und?«

»Das war's?«

»Was soll denn noch kommen? Wir hatten den Täter, der Täter war geständig …«

»Und an seiner Täterschaft gab es keinen Zweifel?«

»Natürlich nicht. Was er erzählt hat, das konnte nur derjenige wissen, der dieses arme Kind umgebracht hatte. Was gucken sie denn so entgeistert?«

»Das Ende der Suche kommt irgendwie abrupt …«

»Das ist im richtigen Leben vielleicht anders als in einem Zeitungsartikel. Wenn man gefunden hat, was man sucht, ist die Suche vorbei. So einfach ist die Welt.«

Wir sahen uns an, schließlich nickte er mir zu.

»Wenn Sie keine Fragen mehr haben …«

»Im Augenblick fallen mir keine mehr ein.«

»Für den Fall der Fälle, hier ist meine Karte.« Glosswig warf eine Visitenkarte auf den Tisch und winkte der Bedienung, um die Rechnung zu bestellen.

»Lassen Sie's gut sein, das geht auf Spesen.«

»Lieber nicht, ich lass mich nicht gern von der Presse einladen.«

Wir zahlten. Auf der Straße zündete ich mir erst einmal eine Zigarette an und sah Glosswig nach, wie er mit wehendem Mantel die Gneisenaustraße hinunterlief. Er drehte sich nicht einmal um, und das tat ich auch nicht, als ich aufgeraucht hatte und mich auf den Weg in die Redaktion machte.

8

Zurück in der Redaktion kümmerte ich mich zunächst einmal um den Täter. In Zeiten des Internet hätte es eigentlich ein Klacks sein müssen, seinen Namen herauszufinden, aber Pustekuchen! Zwei Stunden googelte ich mir die Finger wund, telefonierte mit den Kollegen von der »Mitteldeutschen Zeitung«, beschwor sie, im Archiv zu suchen, und wurde endlich fündig. Die Kollegen lieferten mir den Namen des Täters – Sven G. – und seinen Wohnort, denn G. war ja mittlerweile in Freiheit. Zwar war er in der DDR zu lebenslanger Haft verurteilt worden, doch nach dem Mauerfall konnte das BRD-Recht auf seinen Fall angewendet werden, und seine Anwälte hatten den Fall wiederaufnehmen lassen. G. war nach dem Jugendstrafrecht zur Höchststrafe von zehn Jahren Jugendhaft mit anschließender Einweisung in die Psychiatrie verurteilt worden. Bis 1996 war er im Maßregelvollzug gewesen, hatte dann ein paar Jahre in einem Projekt für betreutes Wohnen gelebt und war schließlich entlassen worden. Mittlerweile lebte er in Thüringen, in Schaulern.

Als der Kollege von der »Mitteldeutschen« mir das flüsterte, traute ich meinen Ohren nicht. Schaulern war nur ein paar Kilometer von Oberhof entfernt, ich konnte meinen Urlaub fortsetzen und an dem Fall weiterrecherchieren!

Das denken, mein Beautycase greifen und die Redaktion verlassen war eins. Ich schaffte es rechtzeitig für einen Nightcup an die Bar meines Hotels. Ich hielt nach Susanna Ausschau, aber dabei fielen mir ein ums andere Mal die Augen zu. Es war ein langer, anstrengender Tag gewesen, und der nächste Tag würde nicht anders werden, deshalb machte ich, dass ich auf mein Zimmer kam.

Am nächsten Morgen wachte ich voller Tatendrang auf, drehte noch vor dem Frühstück eine Runde in der Loipe und saß um kurz vor neun in meinem Auto und programmierte das Navi. Was für die elf Kilometer eigentlich ziemlich unnötig war, ich hätte ja fast schon hinlaufen können.

Und dann wäre ich beinahe hindurchgefahren. Schaulern war ein ziemlich kleiner Ort, zumindest was die Durchgangsstraße anbelangte: eine Kirche, eine Kneipe, ein Tante-Emma-Laden, das schien es gewesen zu sein.

Ich stellte mein Auto vor der Kneipe ab, die um diese Zeit noch zu hatte, und ging zu Fuß die paar Schritte zu der Adresse, die mir der Kollege von der »Mitteldeutschen Zeitung« gegeben hatte. Ich wollte es zuerst selbst nicht glauben, aber ich war nervös. In meinem Nacken spürte ich tatsächlich so etwas wie Gänsehaut. Ich wusste nicht, ob ich mich darüber ärgern oder wundern sollte: Ich war doch schließlich eine gestandene Journalistin, ich sollte abgebrüht und professionell sein. Trotzdem, das beklemmende Gefühl wurde ich nicht los, bis ich vor dem Haus stand, in dem G. wohnen sollte.

Modern war es nicht, eines von diesen Einheitskästen mit Spitzdach, mit denen die DDR in den Fünfzigerjahren schnell und billig Wohnraum geschaffen hatte. Der Eingang war nicht überdacht, die Gehwegplatten hatten auch schon bessere Zeiten gesehen, aber wenigstens funktionierte die Klingel, die ich durch das ganze Haus scheppern hörte.

Als die Tür aufging, war ich überrascht: Eine Frau öffnete mir, Alter irgendwas zwischen Mitte dreißig und undefinierbar, Kittelschürze, Kopftuch. Offenbar hatte ich sie beim Hausputz überrascht.

»Bitte?«

»Äh … Ich suche Herrn G.«

»Der wohnt hier nicht.«

»Sind Sie sicher?«

»Natürlich weiß ich, wer in meinem Haus wohnt. Wer sind Sie überhaupt?«

»Entschuldigung, Shiva heiße ich, hier ist mein Presseausweis. Ich recherchiere eine Geschichte, in der Herr G. eine Rolle spielt. Nach meinen Informationen sollte er hier wohnen ...«

»Kann sein, dass der mal hier gewohnt hat. Wir sind vor zwei Jahren hier eingezogen.«

»Und Sie wissen nicht, wo Herr G. jetzt wohnt?«

»Nein.«

»Entschuldigung, aber das kann ich mir gar nicht vorstellen. Der Ort ist doch nicht groß, da kennt man sich doch untereinander.«

»Mag sein, aber diesen Mann kenne ich bestimmt nicht. Fragen Sie woanders.«

Und zack hatte sie mir die Tür vor der Nase zugeknallt. Zumindest wusste ich jetzt, dass G. tatsächlich hier im Ort wohnte, denn dass die Dame gelogen hatte, war ganz offensichtlich.

Ich ging zurück zum Auto und fragte mein Navi nach der Gemeindeverwaltung. Die lag direkt um die Ecke.

Die Gemeindeverwaltung bestand aus einem Raum, in dem eine junge Dame eifrig auf einer Computertastatur herumtippte. Kaum war ich eingetreten, hörte sie damit auf, die Tastatur zu malträtieren. Sie schien sich richtig zu freuen, mich zu sehen.

»Hallo, einen schönen guten Tag, kann ich Ihnen helfen?«

»Ich wünsche Ihnen auch einen schönen Tag, ich suche nach einem Bürger dieser Gemeinde, einem Sven G.«

Das Lächeln der Dame wurde eisig. »Mit wem habe ich eigentlich das Vergnügen?«

»Shiva mein Name, Journalistin beim ›Aktuellen Blatt‹.«

Ich reichte ihr meinen Presseausweis, den sie ausgiebig und misstrauisch studierte. Schließlich gab sie ihn mir zurück und rümpfte die Nase.

»Und? Können Sie mir weiterhelfen?«

»Selbstverständlich, nur heute wird das nichts mehr.«

»Bitte? Sie brauchen doch nur in Ihrem Rechner nachzugucken und …«

»Leider ist das nicht so einfach, wie Sie sich das vorstellen. Ich darf eine Anfrage überhaupt nur beantworten, wenn ein schriftlicher Antrag vorliegt.«

»Wie? Das ist doch jetzt nicht Ihr Ernst?«

»Vorschrift ist Vorschrift. Ich verstehe ja Ihren Ärger, aber ich hab die Vorschriften nicht gemacht.«

»Ich weiß, Sie befolgen nur Befehle.«

»Wie bitte?«

»Nichts. Gar nichts. Gibt es ein Formular für diesen Antrag?«

»Nein. Den können Sie ganz formlos stellen, mit Name und Anschrift natürlich.«

»Haben Sie was zu schreiben?«

»Selbstverständlich.«

Zähneknirschend stellte ich diesen »formlosen Antrag« und knallte ihn der Dame auf den Schreibtisch. Kurzzeitig spielte ich mit dem Gedanken, auf eigene Faust im Dorf weiter zu recherchieren, verwarf die Idee jedoch. Schließlich war ich im Urlaub, und morgen war auch noch ein Tag.

Ich fuhr zurück nach Oberhof.

9

Im Hotel angekommen, führte mich mein erster Gang zur Hotelbar. Für einen Mojito ist es im Urlaub nie zu früh, und ich wollte meinen Ärger hinunterspülen. Ein paar andere Urlauber waren auf die gleiche Idee gekommen, denn die Bar war ziemlich voll, aber ein einzelner Platz findet sich immer. Bald stand der Rum-Cocktail vor mir, und langsam, ganz langsam wurde ich wieder zum Menschen. Ich sah mich um und staunte: Da saß doch tatsächlich Susanna!

Frohgemut raffte ich meine Tasche und die Reste meines ersten Mojito zusammen und ließ mich ihr gegenüber in den Sessel fallen.

»Na, wenn das kein Zufall ist, Susanna, wie geht's denn so?«

Sie zuckte zusammen und griff sich an die Brust.

»Entschuldige, ich wollte dich nicht erschrecken.«

»Das ist dir aber ziemlich gut gelungen.«

»Bitte, sei mir nicht böse, das wollte ich nicht.«

»Schon gut. Ich war in Gedanken, ist ja unser letzter Abend heute. Morgen nach dem Frühstück fahren wir nach Hause. Deine Nachricht haben wir übrigens erhalten, danke.«

»Wo ist denn Judith?«

»Die ist noch in der Schwimmhalle, sie hat keine Lust auf die Bar gehabt, wir treffen uns nachher auf dem Zimmer wieder.«

»Kannst du sie nicht überreden, doch noch mal in die Bar zu kommen? Ich würde mich gerne von ihr verabschieden.«

»Ich versuch's. – Du siehst müde aus. War wohl viel los seit vorgestern? Ganz schön dreist von deinem Chef, dich aus dem Urlaub zu holen.«

Ich zuckte mit den Achseln. »Ist nun mal so, das ist der Job. Ein geregeltes Leben ist für die anderen.«

Ich trank meinen Mojito aus und signalisierte dem Barkeeper, dass ich noch einen wollte. Er nickte mir beruhigend zu. Susanna ließ nicht locker.

»Erzähl doch mal, was war denn so dringend, dass du nach Berlin musstest?«

»Manchmal weiß ich wirklich nicht, was in Lutz gefahren ist.«

»Lutz?«

»Mein Chef, der Chefredakteur. Genie, Mastermind, Diktator … such dir eine Bezeichnung für Lutz aus.«

»Und, was wollte er von dir?«

»Eine seiner üblichen Schnapsideen, die vielleicht doch noch irgendwie zum Knüller der Saison werden. Lutz plant eine Serie mit historischen Kriminalfällen.«

»Was soll das sein?«

»Na ja, Verbrechen, die vor zehn, zwanzig, dreißig Jahren in den Schlagzeilen waren. Lutz will, dass wir die Geschichten wieder aufgreifen, neu recherchieren und vielleicht, ganz vielleicht, neue Aspekte finden.«

»Was denn für neue Aspekte?«

»Liebe Susanna, ich habe keine Ahnung. Mir hat er die älteste Kamelle von allen aufgedrückt, ich stochere seit zwei Tagen im Nebel herum und frage mich, warum ich das eigentlich tue.«

»Was sollst du denn recherchieren?«

»Sagt dir bestimmt nichts. Den Kreuzworträtselmord.«

Susanna verschluckte sich und bekam einen Hustenanfall. Sie lief puterrot an, so dass ich mir beinahe Sorgen machte.

»Alles okay?«

»Aber ja, ich hab mich nur verschluckt. Ungeschickt von mir.«

»Kann passieren.«

»Ja, wirklich. Und … was machst du jetzt? Wie recherchierst du diese Geschichte?«

Ich erzählte Susanna von meinen letzten zwei Tagen, von meiner Auseinandersetzung mit Lutz, dem Interview mit Glosswig, dem frustrierenden Ausflug nach Schaulern … Susanna hörte zu und drehte dabei hektisch ihr Glas herum, ohne etwas zu trinken. Irgendwas schien sie nervös zu machen.

»Und? Wie geht's jetzt weiter, was machst du morgen?«, fragte sie schließlich, ohne mich anzugucken.

»Ich dackele zurück nach Schaulern, hole mir die Adresse des Täters von der Gemeindeverwaltung und versuche, ihn zu interviewen.«

»Wie heißt der Täter eigentlich?«

»Ich weiß nicht, ob ich dir das sagen sollte. Er selbst und die Behörden haben sich einige Mühe gemacht, dass er anonym bleiben kann.«

»Entschuldige, aber ich denke, du sollst eine Geschichte über den Fall schreiben. Wie willst du das tun, ohne den Namen des Täters zu nennen?«

»Du hast ja recht. Er heißt Sven. Sven G.«

»Wenn du den Namen weißt, verstehe ich nicht, warum du auf die Gemeindeverwaltung angewiesen bist. Er muss doch in irgendeinem Adressbuch stehen, im Internet, in Facebook oder so was …«

»Und das tut er eben nicht. Im Internet hab ich alles durch, da existiert er nicht. So lächerlich das im Jahr 2012 klingen mag, die Gemeindeverwaltung von Schaulern ist meine letzte Chance. Sven G. weiß, wie man anonym bleiben kann.«

»Und die Gemeindeverwaltung kann dir die Adresse geben?«

»Sie muss. Verwaltungen sind dazu sogar verpflichtet.«

»Das wusste ich gar nicht. Sei mir nicht böse, aber plötzlich bin ich todmüde. Und Judith wartet sicher schon, ich geh aufs Zimmer.«

Susanna stand auf und umarmte mich. »Ich wünsch dir noch ein paar wunderschöne Tage in Oberhof.«

»Und ich dir eine gute Heimreise! Grüß Judith schön.«

Sie winkte mir noch einmal zu und war verschwunden. Ich war ein bisschen verwundert. Wieder hatte sie einen abrupten Abgang hingelegt, als hätte sie etwas gestört, was ich gesagt hatte. Aber vermutlich bildete ich mir das nur ein. Vermutlich war das einfach ein Tick von ihr, dass sie sich ständig auf die Schnelle verabschieden musste. Vermutlich brauchte ich noch einen Mojito.

Später, viel später, als ich den Alkohol endlich spürte, legte ich mich schlafen.

10

Am nächsten Morgen musste ich wieder einmal dafür büßen. Ich wachte mit einem grauenhaften Kater auf, der sich auch nach vier Alka-Seltzern einfach nicht verziehen wollte. Am Frühstücksbüffet brachte ich gerade mal einen Becher Kaffee hinunter, dann war es auch schon Zeit, mich auf den Weg nach Schaulern zu machen. Ich wankte zu meinem Wagen, steuerte aus der Parklücke und hielt sofort wieder an. Was machte das Auto denn für komische Geräusche?

Ich stieg aus und staunte nicht schlecht. Alle vier Reifen waren platt wie die Flundern. Wer machte denn so was? Verwirrt schaute ich mich um. Der Parkplatz war beinahe voll, aber augenscheinlich war mein Wagen das einzige Opfer des Reifenschlitzers, alle anderen Autos schienen unversehrt zu sein.

Von einer Sekunde auf die andere war mein Kater verschwunden. Mit einer gehörigen Portion Wut im Bauch stiefelte ich zur Rezeption und teilte der diensthabenden Rezeptionistin mit, was auf ihrem angeblich bewachten Hotelparkplatz vorgefallen war. Die war ziemlich verdattert und entschuldigte sich tausendmal, aber damit kam ich auch nicht nach Schaulern.

Stattdessen durfte ich eine geschlagene Stunde warten, bis die örtliche Polizei sich bequemte, auf dem Hotelparkplatz aufzukreuzen und den Fall aufzunehmen.

»Blitzsauber mit dem Messer rein in alle vier Reifen … Wen haben Sie denn so gegen sich aufgebracht, Fräuleinchen?«

»Ich habe keine Ahnung. Aber ich würde jemandem, der mich ›Fräuleinchen‹ nennt, noch ganz andere Dinge als die Reifen zerstechen.«

Das saß. Mit vielen HmHms schauten sich die beiden Polizisten mein Auto an, scheiterten beim Versuch, Spuren zu sichern, weil es keine Spuren gab und gaben mir zum Abschied eine Bescheinigung »für die Versicherung« mit.

Die konnte ich gleich an den Reifendienst aus Oberhof weiterreichen, der auf den Parkplatz fuhr, als die Polizei sich entfernte. Relativ schnell waren dann die neuen Reifen aufgezogen, ich gab dem Monteur ein dickes Trinkgeld und konnte mich nun endlich auf den Weg nach Schaulern machen.

Mit ein wenig Glück und einem durchgetretenen Gaspedal schaffte ich es, knapp vor der Mittagspause bei der Gemeindeverwaltung anzukommen. Und da wartete schon die nächste Überraschung auf mich.

»Wie jetzt … Sie wollen den Auszug noch mal haben?«

»Ich verstehe nicht ganz. Wieso noch mal?«

»Heute Morgen ist in Ihrem Auftrag eine Frau Schulze hier aufgetaucht, die den von Ihnen beantragten Auszug aus dem Gemeinderegister abgeholt hat.«

»Ich kenne keine Frau Schulze. Wie kommen Sie überhaupt dazu, wildfremden Menschen vertrauliche Informationen auszuhändigen?«

»Nun mal langsam, gute Frau. Das sind keine vertraulichen Informationen, die kann hier jeder beantragen. Und ich konnte doch nicht wissen, dass die Frau mich anschwindelt. Wer macht denn das, bei so einer Nichtigkeit?«

»Entschuldigung, Sie haben ja recht. Ich bin nur ein bisschen durch den Wind, mir haben sie heute früh die Reifen zerstochen.«

»Sagen Sie bloß! Wer macht denn so was?«

»Keine Ahnung! Entschuldigung, aber mein Nervenkostüm ist jetzt wirklich durchgescheuert. Kann ich vielleicht eine Kopie der Adresse dieses G. bekommen?«

»Also, eigentlich müssten Sie dafür einen neuen Antrag stellen und noch mal eine Bearbeitungsgebühr …«

»Das ist jetzt nicht Ihr Ernst, oder?«

»Nein. Ich druck Ihnen den Registerauszug einfach noch mal aus. Es bleibt ja unter uns, nicht wahr?«

»Aber natürlich.«

Und während sie auf ihrer Computertastatur herumhackte und ihr steinalter Drucker heulend seinen Dienst aufnahm, fragte ich mich, wer sich hier als Bekannte ausgegeben hatte und den Auszug für mich abholen sollte.

»Sagen Sie, diese Frau Schulze, die meinen Auszug abgeholt hat, wie sah die eigentlich aus?«

»Hm. Eigentlich so wie Sie.«

»Wie ich? Wie meinen Sie das?«

»Typische Ski-Touristin. Ich hab mich ein bisschen gewundert, dass sie die Anorakkapuze und die Sonnenbrille aufbehalten hat, aber sie war ja wirklich nur kurz drin, um den Auszug abzuholen.«

Ich bedankte mich, nahm den neuen Ausdruck entgegen und drückte der Gemeindeverwalterin einen kleinen Obolus für ihre Kaffeekasse in die Hand.

Bevor ich mich ins Auto setzte, schaute ich sicherheitshalber nach den neuen Reifen. Sie waren noch alle intakt. Und dann überlegte ich, wer diese Frau gewesen sein könnte, die sich als meine Bekannte ausgegeben hatte und einiges dafür getan hatte, dass sie nicht wiedererkannt werden konnte.

11

Vor ein paar Jahren war G. in Schaulern offensichtlich umgezogen, in die Möststraße. Sollte mir recht sein, allerdings schienen die Bewohner der Möststraße etwas gegen Hausnummern zu haben. Die waren nämlich an keinem der Häuser dort angebracht. Also blieb mir nichts anderes übrig, als die Namensschilder an den Klingelbrettern abzuklappern, eine wunderbare Beschäftigung.

Und die Bewohner der Möststraße sahen mir dabei neugierig zu, zogen aber immer rasch die Gardinen vor, wenn ich in ihre Richtung blickte. Toll.

Nach drei Häusern stieß ich auf eine Dame, die dabei war, den Hof zu kehren.

»Schönen guten Tag, ich suche einen Herrn G. der hier in der Nummer siebzehn wohnt.«

»G.? Nie gehört, kenne ich nicht.«

»Und wo ist die Nummer siebzehn?«

»Keine Ahnung.«

»Danke trotzdem. Für nichts.«

Ich suchte weiter. Der nächste Bewohner der Möststraße, ein älterer Herr mit Hund, schaute einfach durch mich hindurch, als ich ihn nach Sven G. fragte. Und eine Dame, die gerade dabei war, ihr Haus zu verlassen, ging stracks wieder hinein, als ich auf sie zusteuerte. Bezaubernde Gegend. In einem Ort wie Schaulern kennt doch wohl jeder jeden. Was hatten die gegen mich?

Das wichtigste, was man als Journalistin braucht, ist Hartnäckigkeit, und von der hatte ich eine Riesenportion mitbekommen. Aufgeben kenne ich nicht, und so suchte ich weiter.

Schließlich stand ich in einer kleinen Gasse am hinteren Ende der Möststraße. Da es kein anderes Straßenschild gab, nahm ich an, dass dieses Gässchen zur Möststraße gehörte. Hier stand ein kleines, älteres Einfamilienhäuschen, das ziemlich heruntergekommen war. An der Tür hing kein Namensschild, also klingelte ich. Ich wartete ein, zwei Minuten, niemand öffnete. Also hatte ich wohl die nächste Niete gezogen. Ich wollte schon weitergehen, aber irgendetwas hielt mich zurück. Neben dem Haus verlief ein kleiner Weg, der um das Haus herumführte. Ich folgte ihm und kam hinter dem Haus zu einem kleinen Garten mit einer Terrasse. Beides machte einen ebenso verwahrlosten Eindruck wie die Hausfassade.

Ich zuckte mit den Schultern und wollte mich schon abwenden, als ich eine Bewegung hinter der Terrassentür sah. Oder besser, ich glaubte, eine solche Bewegung zu sehen, ich war mir nicht ganz sicher. War da etwas oder nicht? Ich spähte durch die Terrassentür, konnte aber nichts erkennen.

Stichwort Hartnäckigkeit. Ich ging zurück zur Haustür und klingelte. Lange. Ausdauernd. Eine Ewigkeit. Das Scheppern der Klingel ging mir auf die Nerven, aber ich ließ den Finger auf dem Klingelknopf. Und plötzlich ging die Tür auf, einen Spalt zwar nur, aber immerhin.

»Sven G.?«, fragte ich.

Durch den Spalt nuschelte es: »Wer will das wissen?«

Ich spähte ins Innere des Flurs, konnte aber kaum etwas erkennen. Sven G. trug Jogging-Hosen und ein Sweatshirt mit hochgeschlagener Kapuze. Er stand im Halbdunkel, so dass ich sein Gesicht nicht erkennen konnte. Bartstoppeln, das gelegentliche Aufglühen einer Zigarette, an der hektisch gezogen wurde, mehr sah ich nicht.

»Shiva mein Name, ich schreibe für das ›Aktuelle Blatt‹, darf ich reinkommen?«

»Nein. Schon mal was von Privatsphäre gehört? Wieso belästigen Sie mich?«

»Weil ich Sie dringend sprechen muss.«

»Was dringend ist, entscheide ich.«

»Wenn Sie sich da mal nicht irren. Ich arbeite an einer Story über den Kreuzworträtselmord.«

»Kann ich Ihnen nichts zu sagen, ich erinnere mich nicht.«

»Bitte? Sie waren der Täter …«

»Und ich habe meine Strafe verbüßt, bin in den offenen Vollzug, betreutes Wohnen, schließlich hierher. Es ist vorbei.«

»Und deshalb wäre es doch auch wichtig, aus Ihrer Sicht –«

»Meine Sicht? Ich habe keine Sicht. Ich erinnere mich nicht. Hab Medikamente bekommen während der Therapie. Alles weg. Kann mich nicht erinnern, an nichts.«

»Stehen Sie denn mit niemandem von früher mehr in Kontakt?«

Er stutzte, zündete sich fahrig eine neue Zigarette an. »Kontakt? Von früher? Was meinen Sie?«

»Was ist mit Leuten, die Sie von früher kannten? Arbeitskollegen, Ihre damalige Freundin …«

»Nichts da. Die lassen Sie mal schön aus dem Spiel. Ich weiß nichts. Das war's.«

Er wollte mir die Tür vor der Nase zuknallen, hielt aber auf halbem Wege noch mal inne und zischte mir etwas zu. Was es war, konnte ich beim besten Willen nicht verstehen. Es hörte sich an wie »Wenn du weitermachst, wird dir das noch leidtun!«, aber ich war mir wirklich nicht sicher.

Ich kritzelte schnell »Falls Sie es sich anders überlegen« auf eine meiner Visitenkarte, setzte nach kurzem Überlegen die Adresse meines Hotels in Oberhof hinzu und warf sie ihm in den Briefkasten. Dann setzte ich mich in meinen Wagen und brauste zum Hotel zurück. Vier zerfetzte Reifen, jede Menge Aufwand und Ärger für nichts! Ich wollte meine Wut mit einem frühen Mojito runterspülen, überlegte es mir aber anders. Stattdessen hielt ich in Oberhof vor einem Café mit einer Terrasse an, bestellte mir einen großen Latte Macchiato und rief einen Kollegen an, der schon öfters medizinische und pharmazeutische Themen beackert hatte.

»Sag mal, gibt es Sachen, die Gedächtnisschwund hervorrufen?«

»Klar. Cognac, Whisky …«

»Sehr witzig. Ich meine natürlich Medikamente.«

»Redest du jetzt von Gehirnwäsche oder was?«

»Ich hab keine Ahnung, ist doch nicht mein Fachgebiet. Mir hat ein ehemaliger Straftäter erzählt, er habe im Vollzug während einer Therapie Medikamente bekommen, die sein Gedächtnis beeinträchtigt haben. Er will sich an nichts in Verbindung mit seiner Tat mehr erinnern können.«

»Derartige Medikamente gibt's in Romanen oder im Kino, aber nicht hierzulande im Strafvollzug. Der Typ lügt dich an.«

»Sicher?«

»Hundertprozentig. Sag mal, was ist denn das für ein Ex-Straftäter?«

»Sorry, aber ich hab gerade von seinen Medikamenten probiert. Ich kann mich nicht erinnern.«

»Ach komm, unter Kollegen …«

»Nix. Ist meine Story.«

»Okay, aber du schuldest mir was.«

»Klar. Ich denk dran. Bis bald.«

Ich bestellte mir noch einen Kaffee und rauchte eine Zigarette. Warum hatte Sven G. mich angelogen? Was gab es bei einem Mordfall zu verbergen, der vor dreißig Jahren passiert und restlos aufgeklärt worden war?

12

Irgendwann am späten Nachmittag trudelte ich wieder im Hotel ein. Eigentlich wollte ich gleich in die Bar gehen, um den Abend mit einem Feierabenddrink einzuläuten, aber ich beschloss, erst mal meine Sachen aufs Zimmer zu bringen.

An der Rezeption legte ich einen kurzen Zwischenstopp ein und bat darum, dafür zu sorgen, dass die Reifen meines auf dem Hotelparkplatz abgestellten Wagens morgen noch intakt sein würden. Man versprach mir, dass der Hausdiener ein Auge auf mein Gefährt haben würde. Nicht, dass mich das sonderlich beruhigt hätte, aber es war besser als nichts.

Auf meinem Zimmer angekommen feuerte ich erst meine Tasche in die Ecke, bevor ich das Licht einschaltete.

»Guter Wurf.«

Mir blieb fast das das Herz stehen.

Ein breitschultriger Vermummter hatte meine Tasche aufgefangen und stürzte sich auf mich. Ich wollte schreien, brachte aber keinen Ton heraus. Für solche Fälle hatte ich zwar immer eine Dose Pfefferspray dabei, aber die war – natürlich – in meiner Tasche. Noch nicht mal weglaufen konnte ich, der Schreck hatte mich gelähmt.

Der Typ stand dicht vor mir. Ich versuchte, meine Fassung wiederzugewinnen.

»Verlassen Sie augenblicklich mein Zimmer, sonst rufe ich die Polizei!«

Er stand einfach vor mir und starrte mich durch die Augenschlitze der schwarzen Strickmütze, die er sich über das Gesicht gezogen hatte, an. Seine Augen blickten kalt, gefühllos, drohend.

Ich machte zwei Schritte zurück und stieß gegen die Wand. Er folgte mir und kam wieder so dicht an mich heran, dass ich seinen Atem riechen konnte. Zigaretten, Fusel … ekelhaft! Er griff sich mein Handgelenk und drehte es entschlossen um. Der Schmerz schoss wie ein Blitz durch meinen Arm.

»Sie tun mir weh!«

»Ja. Und ich kann dir noch viel mehr wehtun, wenn du nicht spurst.«

Er redete gepresst, flüsterte beinahe, als ob er versuchte, seine Stimme zu verstellen.

»Was wollen Sie denn von mir?«, fragte ich unter Schmerzen.

»Lass die Finger von dem Kreuzworträtselmord. Die Geschichte ist vorbei. Hör auf, die alten Sachen auszugraben, sonst wird dir das verdammt leidtun.«

Plötzlich packte mich die kalte Wut. Ich riss mich los und rammte ihm ein Knie in den Unterleib. Richtig getroffen hatte ich nicht, aber mein Angreifer war doch so überrascht, dass ich ein paar Schritte in Richtung Tür machen konnte. Ich streckte schon die Hand nach der Klinke aus, als er mich zurückriss. Er wirbelte mich herum und dann spürte ich einen Schlag im Gesicht. Der Schmerz kam ein paar Zehntelsekunden später, dafür umso heftiger. Mein Kopf dröhnte wie eine Glocke, meine Wange brannte.

»Wie schmeckt dir deine eigene Medizin?«, zischte er und rammte mir eins seiner Knie in den Bauch. Mir blieb die Luft weg, und ich sackte zusammen. Mein Solar Plexus schmerzte, als hätte er mir ein Messer in den Bauch gestoßen. Er kniete sich neben mir nieder.

»Ich mein es Ernst, das siehst du ja. Wenn du nicht sofort mit der Schnüffelei aufhörst, dann mach ich dich fertig. Dann war das hier nur der Anfang. Und: keine Polizei! Verstehst du? Wenn du zur Polizei gehst, wird's eng für dich.«

Er holte zum nächsten Schlag aus. Ich hob die Hände schützend vors Gesicht und bekam dabei irgendwie seine Hand zu fassen. Ich klammerte mich mit aller Kraft daran fest. Er versuchte, mich abzuschütteln, und dabei rutschte seine Hand aus dem Handschuh. Ich sah, dass an seinem rechten Ringfinger zwei Glieder fehlten, dann traf mich sein nächster Schlag, und es wurde dunkel.

13

Ich weiß nicht, wie lange ich bewusstlos auf dem Boden gelegen habe. Als ich endlich wieder zu mir kam, fühlte ich nur schreckliche Schmerzen und wahnsinnige Übelkeit, sonst nichts. Es war stockfinster, also war es noch Nacht. Ich kroch auf allen vieren durchs Zimmer, bis ich endlich mein Bett fand. Und neben dem Bett war die Nachttischlampe, daran konnte ich mich erinnern. Ich fand den Schalter, knipste sie an und verschnaufte erst mal.

Ich hatte einen eigenartigen metallischen Geschmack im Mund. Und als ich mir mit der Hand über die Stirn strich, spürte ich Feuchtigkeit. Hatte ich so geschwitzt? Nein, es war Blut. Mir wurde schlecht, ich stürzte ins Badezimmer und übergab mich, bis mir auch noch die Eingeweide wehtaten. Dann versuchte ich, die Rezeption zu erreichen, was mir erst im dritten Anlauf gelang, so sehr zitterten meine Hände. Als ich die Rezeptionistin endlich in der Leitung hatte, bekam ich einen Weinkrampf. Ich wimmerte unverständliches Zeugs, rief nach einem Arzt und der Polizei, und dann wurde mir wieder schwarz vor Augen.

Als ich das nächste Mal zu mir kam, herrschte in meinem Zimmer hektische Aktivität. Die Spurensicherung staubte auf der Suche nach Fingerabdrücken alles mit ihrem berüchtigten Pulver ein, ein Arzt fingerte an mir herum, und irgendein Hotelmensch rang die Hände und sorgte sich lautstark um den Ruf seines Hauses. Ein freundlicher Polizist, der sich später als Friedrich Meyerling vorstellte, fuhr ihm über den Mund und schickte ihn aus dem Zimmer.

Der Arzt teilte mir inzwischen mit, dass ich mir keine Sorgen machen müsste, ich hätte nichts gebrochen, und die Schmerzen würden in ein paar Stunden vergangen sein.

»Machen Sie sich keine Gedanken wegen der Wunde an der Stirn, die habe ich geklammert, da bleibt keine Narbe nach. Trotzdem würde ich Sie gern für den Rest der Nacht mit ins Zentralkrankenhaus nach Suhl nehmen, zur Beobachtung. Vorher hat der Kollege hier aber noch ein paar Fragen.«

Meyerling stellte sich vor und fragte mich, ob ich mich an den Überfall erinnern konnte. Natürlich konnte ich das, mir hatte ja niemand die Gedächtnisschwund-Medikamente von Sven G. verabreicht. Vermutlich hatte mir der Doc aber ein Beruhigungsmittel verabreicht, denn ich konnte Meyerling den Überfall schildern, ohne den nächsten Weinkrampf zu bekommen.

»Kreuzworträtselmord?«, fragte Meyerling konsterniert. Er war allerhöchstens vierzig, kein Wunder, dass der Fall ihm nichts sagte. Ich klärte ihn auf, doch er schaute mich immer noch ratlos an.

»Der Täter hat Ihnen gedroht, weil Sie Nachforschungen zu einem dreißig Jahre alten, längst aufgeklärten Kriminalfall anstellen? Das ergibt doch gar keinen Sinn!«

Ich überlegte kurz, ob ich ihm von den anderen Knüppeln erzählen sollte, die mir gestern zwischen die Beine geworfen worden waren, entschied mich aber dagegen. Offensichtlich war ich einer heißen Story auf der Spur, und ziellos herumschnüffelnde Bullen konnten mich nur behindern. Ich beschloss, die Dumme zu spielen.

»Ich tappe auch vollkommen im Dunkeln, Herr Meyerling. Es muss irgendein Missverständnis sein. Meine Recherchen in diesem steinalten Fall … Ich will ganz offen sein, das ist eine Marotte meines Chefs, das interessiert doch heute keinen Menschen mehr.«

»Zumindest scheint es denjenigen zu interessieren, der Sie überfallen hat. Dafür muss es doch eine Erklärung geben.«

»Wenn es eine gibt, dann entgeht sie mir.« Was noch nicht einmal gelogen war. Ich gähnte.

»Die Beruhigungsspritze beginnt zu wirken«, warf der Arzt ein. »Wir sollten uns auf den Weg ins Krankenhaus machen.«

»Moment noch. Können Sie noch kurz den Mann beschreiben, der Sie überfallen hat?«

»Viel gibt's nicht zu beschreiben, er war ja maskiert.«

»Versuchen Sie's bitte, so dass ich zumindest eine vage Vorstellung bekomme.«

»Cirka einsfünfundachtzig, muskulös bis kräftig. Konnte sich schnell bewegen, vermutlich Sportler. Raucht und trinkt. Braune Augen. Und ihm fehlen zwei Fingerglieder am Ringfinger. Mehr kann ich nicht sagen.«

»Danke, das war sehr gut, mehr als ich von den meisten Zeugen zu hören bekomme. Sagen Sie, könnte es dieser Sven G. gewesen sein, den Sie heute Mittag aufgesucht haben?«

»Kann ich wirklich nicht sagen. Ich habe G. ja nur durch einen Spalt in der Tür gesehen. Von der Größe her könnte es hinkommen, aber ich glaube, er war etwas schmaler. Andererseits … Ich kann es wirklich nicht sagen.«

»Ich schicke gleich eine Streife vorbei. Das überprüfen wir.«

»Und Sie kommen jetzt mit ins Krankenhaus«, wiederholte sich der Arzt.

»Sagen Sie, kann ich nicht hier im Hotel bleiben bis morgen früh? Ich wäre wirklich gern ein paar Stunden alleine, um das Ganze zu verarbeiten.«

»Das ist mir eigentlich gar nicht recht …«

»Eigentlich …« Ich warf ihm einen flehenden Blick zu.

»Zugegeben, es ist möglicherweise übervorsichtig von mir. Okay, aber Sie versprechen mir, sich heute Vormittag noch im Krankenhaus vorzustellen. Ich mach Ihnen einen Termin für elf Uhr.«

»Versprochen.«

Arzt, Meyerling und die Spurensicherer zogen von dannen. Ich ging ins Bad, schluckte eine Handvoll Aspirin und zog mich an. Das dauerte doppelt so lange wie sonst, ich hatte wirklich ziemliche Schmerzen. Aber ich biss die Zähne zusammen und ging zu meinem Auto. Die Reifen waren noch heil. Wenigstens das.

14

Die Schmerzen waren unangenehm, aber sie hielten mich wach, als ich nach Schaulern fuhr. Es war bitterkalt, und ich war der einzige Mensch auf den nächtlichen Straßen. Ich hätte jetzt prima im Hotelbett liegen können oder meinetwegen im Krankenhaus in Suhl, aber ich hätte ganz sicher kein Auge zugetan. Ich musste wissen, ob es Sven G. war, der mich überfallen hatte. Ich wusste nicht, ob ich noch vor der Polizeistreife ankommen konnte, aber ich wollte es wenigstens versuchen.

Während der Fahrt zermarterte ich mir das Gehirn: Was übersah ich an der Geschichte? Wer wollte aus welchem Grund verhindern, dass ich einen über dreißig Jahre alten Mordfall noch mal aufrollte? Wer hatte dabei etwas zu verlieren? Der Fall war geklärt, der Täter hatte seine Strafe verbüßt und war wieder auf freiem Fuß. Was gab es an dieser Geschichte noch aufzudecken?

Endlich war ich in Schaulern. Ich stellte meinen Wagen am Anfang der Möststraße ab und huschte zu Fuß zu Sven G.s Haus. Tatsächlich, der Streifenwagen stand schon davor, und im Haus brannte Licht, also waren die Beamten wohl drin, um den Bewohner zu verhören.

Plötzlich kam ich mir ziemlich dämlich vor: Warum war ich überhaupt nach Schaulern gefahren? Um ein Polizeiauto vor einem heruntergekommenen Haus anzugucken? Um mich in der Kälte zu fragen, was Sven G. den Beamten da drinnen wohl erzählen würde? Plötzlich sprang die Tür auf, und zwei Polizisten kamen mit Sven G. heraus, der die Tür sorgfältig abschloss. Ich duckte mich in einen dunklen Winkel und hoffte, dass mich niemand bemerken würde.

Ich hatte Glück, die drei Männer gingen angeregt plaudernd zum Streifenwagen, einer der Beamten hielt Sven sogar die Tür auf. Der bedankte sich, und die drei fuhren los.

Ich rannte, so schnell es mein Zustand erlaubte, zu meinem Wagen und machte mich an die Verfolgung, die allerdings gar nicht lange dauerte. Nach drei, vier Häuserblocks kamen wir an einen Supermarkt, und direkt davor hielt der Streifenwagen an. Ich bremste in gebührendem Abstand und wartete ab.

Vor dem Supermarkt standen ein paar Lkw, die Lieferanten brachten frische Ware. Ich sah auf die Uhr, es war halb sechs. Einige Angestellte des Supermarkts entluden die Lastwagen, und ich sah, wie sich die Polizeibeamten und Sven G. mit diesen Verkäufern unterhielten.

Ich war todmüde, hatte Schmerzen, irgendwelche Medikamente kreisten in meiner Blutbahn, und ich war stinksauer. Warum fuhren diese Scheiß-Bullen mit einem überführten Mörder, der verdächtig war, mich verprügelt zu haben, zum Pläuschchen in den Supermarkt? Warum hatten sie ihn nicht mit auf die Wache genommen, um ihn knallhart zu verhören? Das durfte doch alles nicht wahr sein!

Und jetzt verabschiedeten sich die Beamten auch noch ganz freundlich von Sven G, der fröhlich davonmarschierte. Was war denn hier los? Als nächstes sah ich, wie einer der Beamten auf mich zumarschierte. Woher kannte der mein Auto? Wieso wusste der, dass ich hier war?

»Sie sind Shiva vom ›Aktuellen Blatt‹, nicht wahr?«

»Ja. Woher wissen Sie das?«

»Meyerling hat gesagt, dass Sie uns vermutlich folgen würden, als er uns herschickte. Sollten Sie nicht im Krankenhaus sein?«

»Ich hab erst um elf einen Termin.«

»Sie sehen ziemlich fertig aus, wenn ich das sagen darf. Sollen wir Sie zurück ins Hotel bringen?«

»Danke, aber ich komme schon allein klar. Was ist mit G.?«

»Der hat ein wasserdichtes Alibi. Er arbeitet gelegentlich in diesem Supermarkt als Aushilfe, und zu dem Zeitpunkt, als Sie überfallen wurden, war er hier. Das können mehrere andere Supermarktangestellte bestätigen.«

Ich war wie vor den Kopf geschlagen. Auf der Fahrt nach Schaulern war ich zu der Überzeugung gelangt, dass nur G. der Angreifer gewesen sein konnte. Niemand anderes hatte ein Motiv, er hatte die Gelegenheit, ich hatte ihm meine Adresse gegeben, er war gewalttätig … Das hatte alles so gut gepasst, und jetzt war die einzig plausible Theorie, die ich hatte, wie ein Kartenhaus zusammengestürzt.

»Darf ich Ihnen einen Rat geben?«

»Sie können's ja versuchen.«

»Machen Sie nicht auf eigene Faust weiter. Ruhen Sie sich aus, versuchen Sie, ein paar Tage Abstand zu gewinnen.«

»Wollen Sie mir jetzt auch sagen, dass es für mich besser wäre, nicht weiter zu recherchieren? Soll das eine Drohung sein?«

»Nein, ein professioneller Ratschlag. Sie haben sich zu sehr in die Sache verbissen.«

»Woher wollen Sie das wissen?«

»Weil Sie hinter uns her gefahren sind. Von G.s Alibi hätten Sie morgen früh durch einen einfachen Anruf bei Herrn Meyerling erfahren. Stattdessen fahren Sie krumm vor Schmerzen und mit Medikamenten vollgepumpt durch die Nacht …«

»Vielleicht weil ich der Polizei nicht über den Weg traue?«

»Dann sind Sie wirklich nicht bei Trost.«

Ich startete den Motor und fuhr davon. Auf halber Strecke zwischen Schaulern und Oberhof war mein Zorn verraucht. Vielleicht hatte der Beamte sogar recht gehabt.

15

Meinen Krankenhaustermin hätte ich dann beinahe verschlafen, kein Wunder. Irgendwie schaffte ich es trotzdem, mit nur einer knappen Viertelstunde Verspätung dort aufzukreuzen. Die Untersuchungen liefen schnell und reibungslos ab und bestätigten die erste Diagnose des Arztes: keine ernsthaften Verletzungen. Nach anderthalb Stunden war ich schon wieder auf dem Rückweg nach Oberhof ins Hotel.

Während der Fahrt grübelte ich vor mich hin. Was könnte ich als nächstes versuchen, um einen Anhaltspunkt zu finden? Wer konnte mir weiterhelfen, die Hintergründe des Kreuzworträtselmords nach über dreißig Jahren noch einmal aufzurollen? Ich musste mir eingestehen, dass ich mit meinem Latein am Ende war: Ich steckte in einer Sackgasse und hatte keine Ahnung, wie ich wieder hinauskommen sollte.

Frustriert guckte ich in den Rückspiegel und merkte erst jetzt, dass ich mich zu sehr auf meinen Fall und zu wenig auf die Straße konzentriert hatte. Eine lange Autoschlange hing hinter mir fest, und das war mir dann doch peinlich. Schneller zu fahren traute ich mich in meinem geschwächten Zustand aber nicht, deshalb fuhr ich so weit wie möglich rechts ran und verlangsamte meine Geschwindigkeit noch mehr, damit die anderen Fahrer problemlos überholen konnten.

Was sie auch prompt taten. Wie die Perlen an einer Schnur zogen sie an mir vorbei. Nur ein Wagen, ein roter Renault Megane, hielt sich hartnäckig zwei, drei Wagen hinter mir. Was war denn mit dem los? Hatte der auch mit schmerzenden Knochen unlösbare Probleme zu lösen? Meinetwegen, war ja nicht mein Problem.

Kurz vor Oberhof hing er immer noch hinter mir. Das kam mir langsam sehr komisch vor, und ich beschloss, einen kleinen Test zu machen. Kurz vor Oberhof ging eine kleine, wenig befahrene Landstraße ab, die wie auf einem Rundkurs durch ein paar gottverlassene Dörfer führte, wo sich noch nicht einmal mehr die Füchse gute Nacht sagten. Keine Läden, keine Kneipen, keine Hotels. Dort hatte niemand was verloren. In diese Straße bog ich ab, und, siehe da, der Megane blieb hinter mir kleben.

Okay, Schluss mit »auf eigene Faust«, das war ein Fall für die Freunde und Helfer. Während ich mit einer Hand mehr schlecht als recht steuerte, kramte ich mit der anderen mein Handy und die Visitenkarte hervor, die mir Meyerling in der letzten Nacht gegeben hatte. Im dritten Anlauf schaffte ich es, die Nummer ohne Vertipper einzugeben, und nach dreimaligem Läuten nahm Meyerling ab.

»Gott sei dank, dass Sie drangehen, hier ist Shiva, die Überfallene aus dem Panorama-Hotel, erinnern Sie sich?«

»Selbstverständlich. Ist Ihnen noch etwas eingefallen?«

»Nein, das nicht. Aber ich werde verfolgt!«

»Verfolgt? Sind Sie sicher?«

»Natürlich, ich spinne doch nicht. Seit ich vom Krankenhaus losgefahren bin, hängt ein roter Megane an mir dran.«

»Sind Sie wirklich sicher? Autos dieser Marke sind relativ häufig im Straßenverkehr anzutreffen …«

»Hören Sie, ich hab doch keinen Knall. Er hat mich bis kurz vor Oberhof verfolgt, dann bin ich auf diese gottverlassene Landstraße abgebogen, fahre jetzt durch die hinterletzten Drecknester, und er hängt immer noch an mir dran.«

»Das kann immer noch ein Zufall sein.«

»Wollen Sie mich auf den Arm nehmen?«

»Können Sie seine Autonummer erkennen?«

»Keine Chance, dazu ist er zu weit weg. Und selbst wenn, ich könnte die Nummer nicht aufschreiben. Lenken und telefonieren schaffe ich gerade noch, für alle andere fehlt mir eine dritter Arm.«

»Haben Sie keine Freisprechanlage?«

»Das ist mein Dienstwagen, dafür ist der Verlag zu knickrig.«

»Dann muss ich Sie darauf aufmerksam machen, dass Sie sich strafbar machen, wenn Sie ein Kfz steuern und ohne Freisprechanlage –«

»Sind Sie noch ganz gebacken? Ich wurde gestern in meinem Hotelzimmer überfallen, und heute werde ich von einem unbekannten Fahrer verfolgt –«

»Genauso wie Sie letzte Nacht zwei Beamte verfolgt haben, die in dienstlichem Auftrag –«

»Das war ja wohl ganz etwas anderes!«

»Shiva, es ist genug. Sie sind nervlich strapaziert, was ja kein Wunder ist, nach dem, was Sie durchgemacht haben.«

»Wollen Sie mir jetzt einreden, ich wäre verrückt?«

»Aber nein, ich –«

»Dann glauben Sie mir doch endlich, dass ich verfolgt werde!«

»Shiva, bleiben Sie ruhig.«

»Ich will nicht ruhig bleiben!«

Wütend drückte ich auf die Taste mit dem roten Hörer. Einen Moment lang war ich versucht, mein Handy einfach aus dem Fenster zu werfen, so wütend war ich, aber in letzter Sekunde schlug ich mir diese Schnapsidee aus dem Kopf.

Die Straße, auf der ich unterwegs war, begann schon wieder, sich auf Oberhof zuzuschlängeln, und ich musste einen Plan machen, wie ich mit dem roten Megane weiter verfahren sollte. Leichter gesagt als getan, mir fiel nichts ein, und so fuhr ich planlos nach Oberhof hinein.

16

Ich steuerte das Ortszentrum an. Ich wollte nur noch unter Menschen sein, die vielen Kilometer mit dem Verfolger im Rücken waren mir doch an die Nieren gegangen. Immer wieder schaute ich in den Rückspiegel, und immer wieder sah ich den Megane. Und dann sah ich ein paar Meter vor mir plötzlich eine Parklücke. Ohne lange nachzudenken, setzte ich mein Auto mit Schwung hinein, holte meinen Notizblock aus der Handtasche und sprang aus dem Auto. Der Megane fuhr an mir vorbei, beschleunigte und verschwand um die nächste Ecke. Den Fahrer hatte ich durch die getönten Scheiben nicht erkennen können, aber die Autonummer hatte ich mir aufgeschrieben. Wenigstens etwas.

Schräg gegenüber meinem Auto sah ich ein Café. Dort wollte ich Stellung beziehen, meinen »Fahndungserfolg« mit einem Caffè Latte feiern und beobachten, ob der Megane-Fahrer vielleicht noch mal vorbeikam. Um zu überprüfen, ob mein Auto noch hier parkte.

Im Café war Gott sei dank noch ein Platz auf der Terrasse frei, direkt neben einem Heizpilz. Mit einem Seufzer sank ich auf einen bequemen Korbsessel, orderte meine Koffeindosis und ließ die Straße nicht aus den Augen. Auch zwei Zigaretten später war der Megane nicht wieder aufgetaucht.

Um mir die Zeit zu vertreiben, rief ich einen Kollegen an, der beste Beziehungen zur Kfz-Zulassungsstelle unterhielt.

»Schätzchen, ich brauch deine Hilfe. Ich brauche so schnell wie möglich den Halter eines roten Megane.«

»Dann sag mir die Nummer durch, ich werde sehen, was ich tun kann.«

Ich gab ihm die Nummer, bedankte mich im Voraus für seine Hilfe und wartete. Auf seinen Rückruf, auf das Wiederauftauchen des roten Megane, auf die göttliche Eingebung, die mir sagen würde, wie diese ganzen Puzzleteilchen ineinander passten.

Nichts von alledem geschah, dafür fiel die Anspannung ein Stückchen von mir ab. Ich konnte ein bisschen relaxen, in meinem Kopf sortierten sich ein paar Dinge, und ich fragte mich, ob ich gegenüber Meyerling nicht doch ein wenig überzogen hatte. Ich wollte ihn gerade anrufen und mich entschuldigen, als mein Handy klingelte.

»Hallo, Shiva, ich hab den Halter des Megane.«

»Super! Fantastisch!«

»Freu dich nicht zu früh, ich glaube nicht, dass dich diese Information weiterbringt.«

»Das lass mal meine Sorge sein.«

»Wenn du meinst. Der Wagen ist gemeldet auf die Avis Autovermietung GmbH & Co. KG im Zimmersmühlenweg einundzwanzig in Oberursel.«

»Wie bitte?«

»Ja, ein Mietwagen. Sorry.«

»Mist.«

»Alles in Ordnung, Shiva? Brauchst du Hilfe?«

»Nein, ich komm schon klar. Danke.«

Ich legte auf, bestellte den nächsten Caffè Latte und ließ mir gleich noch ein Päckchen Zigaretten bringen. Die nächste Sackgasse. Ich war wirklich vom Pech verfolgt. Fehlte nur noch, dass sie mein Auto abschleppten, genau wie den Wagen von dem Pechvogel schräg gegenüber … Um Himmels willen, das war ja mein Wagen! Ich stürzte auf den Abschleppwagen zu, der schon die Seile am Ausleger und an meinem Auto befestigt hatte und jetzt meinen Wagen aus der Parklücke hob.

Ich redete mit Engelszungen auf die Politesse und den Fahrer des Abschleppwagens ein, aber ich hatte keine Chance. Wenn du einmal am Haken hängst, dann läuft die Maschinerie durch bis zum bitteren Ende. Ich versuchte, aufmüpfig zu werden, schließlich hatte ich ja ordnungsgemäß geparkt, aber als mir die Politesse kopfschüttelnd das Schild zeigte, das meine Parklücke als Behindertenparkplatz auswies, musste ich klein beigeben.

Ich entschuldigte mich und fragte, wann ich mein Auto wo abholen könnte, doch die Politesse ließ sich erst mal Führerschein und Fahrzeugpapiere zeigen. Aha. Jemand, der es ganz genau nahm. Und während sie noch meine Papiere studierte, kam schon die nächste Attraktion: Die Kellnerin aus dem Café stürzte mit hochrotem Kopf auf mich zu und bezichtigte mich der Zechprellerei. Und ein paar Gäste hatte sie auch gleich mitgebracht, falls sie Zeugen für mein Vergehen brauchte.

Die waren aber gar nicht nötig, weil ich geständig war, meine Rechnung sofort beglich und ihr ein dickes Trinkgeld gab. Kellnerin und Gäste zogen sich ins Café zurück, und die Politesse gab mir meine Papiere zurück.

»Ihren Wagen können Sie in zwei Stunden vom Parkplatz hinter der Polizeiwache Oberhof abholen.« Sie drückte mir ein Kärtchen mit der Adresse in die Hand.

»Sagen Sie, es geht mich ja nichts an, aber … Sie sind doch die Shiva, die gestern im Panorama-Hotel überfallen worden ist, oder?«

»Ja. Woher wissen Sie denn das?«

»Von der Einsatzbesprechung. Wir suchen ja intensiv nach dem Kerl, der Ihnen das angetan hat. Aber, wenn ich das sagen darf … Sie sind vollkommen durch den Wind. Lassen Sie Ihren Wagen bis morgen auf dem Parkplatz, nehmen Sie sich ein Taxi ins Hotel und legen Sie sich für ein paar Stunden ins Bett, bevor Ihnen noch was passiert.«

Ich hatte schon eine schnippische Entgegnung auf der Zunge, schluckte sie aber hinunter. Sie hatte ja recht. Auch wenn es mir entschieden gegen den Strich ging, ausgerechnet von einer Politesse einen guten Rat anzunehmen, musste ich mir eingestehen, dass ich im Moment am Ende war, in jeder Hinsicht. Ich bedankte mich und fragte nach dem nächsten Taxistand.

17

Im Hotel angekommen, legte ich mich aufs Bett, aber obwohl ich todmüde war, starrte ich mit weit aufgerissenen Augen die Decke an. Die Gedanken fuhren in meinem Kopf Achterbahn: Zu viele Rätsel waren ungelöst, so konnte ich keine Ruhe finden.

Als mein Handy klingelte, war ich beinahe dankbar. Aber als ich auf das Display schaute, runzelte ich die Stirn. Krüger? Was wollte denn ausgerechnet Dennis Krüger von mir? Krüger war ein absoluter Unsympath von Kollege, ein Speichellecker, der stets und ständig gegen jeden intrigierte. War ja auch seine einzige Chance, um seine Position zu verbessern, denn als Journalist konnte man ihn in der Pfeife rauchen. Aber sogar ein Gespräch mit Krüger erschien mir im Moment als willkommene Abwechslung, deshalb drückte ich die grüne Taste.

»Shiva, schön dass du dran gehst. Wie geht's dir?«

»Durchwachsen, offen gestanden.«

»Ach. Schwierigkeiten mit deiner Story?«

Woher wusste denn Krüger etwas über meine Recherchen? Oder hatte er nur ins Blaue geschossen und einen Treffer gelandet? Ich durfte mir von ihm auf keinen Fall in die Karten gucken lassen.

»Nun ja, wie das mit den steinalten Storys so ist. Ziemlich mühsam, alle Steine umzudrehen, um zu gucken, ob unter irgendeinem noch was liegt.«

»Kenn ich, das Problem. Wollen wir tauschen?«

»Wie bitte?«

»Ob wir tauschen wollen. Ich nehm deinen Fall und du kriegst meinen?«

»Du willst dir den Kreuzworträtselmord aufhalsen? Warum?«

»Reine Instinktsache. Ich glaub, dass ich mit dem Fall besser klarkomme als mit meinem.«

»Woran sitzt du überhaupt?«

»Vera Brühne.«

»Um Himmels willen. Die Kiste ist ja noch älter. Nee, Dennis, thanks but no thanks, mach du mal mit Frau Brühne weiter.«

»Ich komm ja nicht mit leeren Händen.«

»So? Dann sag mir mal, was du hast.«

»Die Tochter der Haushälterin.«

»Toll. Ganz toll. Und weiß die was, oder kann die nur ihren Kopf vor eine Kamera halten?«

»Sie hat das Tagebuch von Mutti.«

»Na, dann bist du doch bei den Leuten! Ich wäre froh, wenn ich so einen Aufhänger hätte. Warum willst du tauschen?«

»Die Tochter will zehntausend für das Tagebuch.«

»Das ist natürlich eine Stange Geld. Aber wenn eine Story drinsteckt, ist es das allemal wert. Wo ist dein Problem?«

»Lutz bewilligt mir die zehntausend nicht.«

»Ach. Ist wohl doch ein Haken an der Sache …«

»Aber nein. Lutz hat einfach kein Vertrauen zu mir, aber so wie du zu Lutz stehst, du hast ja so ein ausgezeichnetes Verhältnis zu ihm …«

»Was soll denn das heißen?«

»Du bist doch Lutz' Favoritin, das weiß die ganze Redaktion.«

»Dann wissen es alle außer mir. Ich muss genauso hart und korrekt arbeiten wie jeder andere in der Redaktion. Was steht denn überhaupt drin in dem Tagebuch der Haushälterin?«

»Keine Ahnung.«

»Bitte?«

»Ich krieg das Tagebuch erst zu Gesicht, wenn die zehntausend cash auf dem Tisch liegen.«

»Sorry, aber da habe ich vollstes Verständnis für Lutz' Entscheidung. Die Katze im Sack für zehntausend Kröten? No go!«

»Dir würde er den Deal bewilligen.«

»Noch mal zum Mitschreiben: Ich bekomme keine Extrawürste. Und ich würde ihm einen dermaßen windigen Deal niemals anbieten.«

»Ach komm, wer nicht wagt, der nicht gewinnt.«

»Und wenn in dem Tagebuch nur Kochrezepte stehen, dann hast du zehntausend in den Wind geschossen.«

»Nein, da stehen sensationelle Enthüllungen drin. Sagt die Tochter.«

»Und dann will sie nur zehntausend? Dennis, die Sache stinkt.«

»Aber du wärst diesen Kreuzworträtselkäse los, wenn du mit mir tauschst.«

»Wenn *du* mir ein Tauschgeschäft anbietest, komm ich mir vor wie beim Hütchenspiel. Da kann man nur verlieren. Vergiss es.«

»Mensch, Shiva, denk doch mal nach …«

»Hab ich gerade schon. Deshalb sag ich ja nein. Tschüss!«

Ich legte kopfschüttelnd auf. Kollege Krüger musste mich für absolut bescheuert halten, wenn er mir einen solchen Deal anbot.

Das Gute an diesem absurden Gespräch war, dass ich jetzt richtig müde geworden war. Ich schaffte es gerade noch, mir die Zähne zu putzen, dann fiel der Vorhang. Ich schlief glatte vierzehn Stunden durch und wachte am nächsten Morgen wie neugeboren auf. Ich räkelte mich noch eine ganze Weile im Bett, dann duschte ich ausgiebig, zog mich an und gönnte mir ein reichhaltiges Frühstück. Endlich konnte ich all die Köstlichkeiten würdigen, die das Hotel allmorgendlich auffuhr.

Nach dem Frühstück ließ ich mir in der Bar noch einen Espresso servieren und rauchte meine Guten-Morgen-Zigarette. Dabei fiel mir zum ersten Mal die Wand hinter der Stirnseite des Tresens auf, die mit Fotos gepflastert war.

»Wie kommen Sie denn an die Bilder dort an der Wand?«, fragte ich den Barkeeper.

»Das sind alles Schnappschüsse unserer Stammgäste. Die sind ganz wild darauf, dass ihre Fotos hier hängen.«

»Darf ich mal kurz hinter den Tresen kommen? Ich glaube, ich hab auf einem der Bilder eine Bekannte entdeckt.«

»Hinter den Tresen kommen kostet eine Lokalrunde.«

»Ich bin der einzige Gast, das kann ich mir gerade noch leisten.«

Ich sprang auf und stellte mich neben den Barkeeper. Tatsächlich, ich hatte mich nicht geirrt. Auf einem der Bilder war Susanna zu sehen, zusammen mit Judith. Und zwischen den beiden stand ein dunkelhaariger, gutaussehender Typ. In der einen Hand hielt er eine Zigarette, die andere hatte er über Susannas Schulter gelegt …

Ich bekam plötzlich keine Luft mehr. Drei Anläufe brauchte ich, bis ich einen Ton herausbrachte.

»Kann ich bitte dieses Foto haben?«

»Was wollen Sie denn damit?«

»Ich möchte … einen gemeinsamen Bekannten überraschen. Der wird sich freuen, die Frauen auf dem Foto zu sehen. Hier, sind zehn Euro genug?«

»Lassen Sie um Himmels willen Ihr Geld stecken, hier in der Schublade haben wir noch hundert andere Fotos, es ist doch egal, was an der Pinnwand hängt. Nehmen Sie's, aber sagen Sie nicht, dass Sie es von mir haben.«

»Vielen Dank!«

Mit zitternden Fingern nahm ich das Foto von der Pinnwand und stürzte aus der Bar. Erst als ich im Taxi saß, fiel mir ein, dass ich meinen Espresso nicht getrunken und meine Zigarette qualmend im Aschenbecher liegen gelassen hatte. Egal.

Ein paar Minuten später legte ich das Foto auf der Oberhofer Polizeiwache auf den Schreibtisch von Herrn Meyerling. Er sah mich fragend an.

»Ich habe dieses Bild von der Pinnwand in der Bar des Panorama-Hotels. Da hängen Schnappschüsse von Touristen, Stammgästen und so weiter.«

»Ich weiß, ich kenne die Bar und die Fotos.«

»Gut. Schauen Sie, die beiden Frauen auf dem Bild habe ich vor ein paar Tagen hier kennengelernt. Mit der einen bin ich auf der Loipe zusammengestoßen, die andere ist ihre Freundin, die beiden haben sich ein Zimmer geteilt. Susanna und Judith.«

»Schön, aber ich verstehe nicht –«

»Schauen Sie sich den Mann an, der zwischen den beiden steht.«

»Ja, und?«

»Seine Hand auf Susannas Schulter. Ihm fehlen zwei Glieder am Ringfinger.«

Meyerling nahm das Foto in die Hand, betrachtete es lange, dann sah er mich an. »Sehr gut. Ich schicke sofort einen Beamten ins Panorama-Hotel. Wenn wir die Adressen von dieser Susanna und dieser Judith haben, faxe ich dieses Bild zur nächsten Polizeidienststelle, und die Kollegen werden den Damen ein bisschen auf den Zahn fühlen.«

»Sie halten mich auf dem Laufenden?«

»Sowie wir den Kerl haben oder sich etwas Neues ergeben hat, rufe ich an.«

»Danke.«

»Und eins noch, Shiva: gut gemacht!«

»Das mit dem Foto? Das war bloß Reporterglück.«

»Nein, dass Sie zu mir gekommen sind, statt erneut auf eigene Faust loszuziehen, das haben Sie gut gemacht.«

18

Zwei Tage später saß ich wieder in Berlin in der Redaktion. Es hatte keinen Zweck mehr gehabt, in Oberhof zu bleiben. Die Spur auf dem Foto hatte sich als eiskalt erwiesen: Susanna und Judith hatten beide ausgesagt, den Mann nicht zu kennen, eine Zufallsbekanntschaft, mit der sie sich aus einer Laune heraus in der Bar hatten fotografieren lassen.

Ich fühlte mich in Oberhof nicht mehr sicher. Ich zuckte jedes Mal zusammen, wenn mir ein mittelgroßer, kräftiger Mann begegnete, weil ich dachte, es könnte mein Angreifer sein. Wenn ich ein Auto vorbeifahren hörte, sah ich nach, ob es ein roter Megane war … Ich war einfach ein Nervenbündel. Wenn einen der Urlaub mehr stresst als die Arbeit, sollte man besser an den Schreibtisch zurückkehren.

Und siehe da, an meinem Arbeitsplatz in der Redaktion fühlte ich mich wieder richtig wohl. Den Berg Routinearbeiten, den die lieben Kollegen mir darauf abgeladen hatten, arbeitete ich gut gelaunt in Windeseile ab, sogar das ständige dämliche Grinsen von Dennis Krüger ertrug ich irgendwie.

Der nutzte jede Gelegenheit, mich nach meinen Fortschritten beim Kreuzworträtselmord zu fragen. Ich ließ ihn eiskalt abblitzen, was mir nicht sonderlich schwerfiel, da ich keinerlei Fortschritte machte. Lutz fragte ebenfalls zweimal nach, ich brauchte langsam wirklich etwas Vorzeigbares.

Als ich meinen Schreibtisch leer gearbeitet hatte, hatte ich dann endgültig keine Ausreden mehr: Ich musste mich wieder an die Story setzen und irgendwie verdammt noch mal den Durchbruch schaffen. Nur wie?

Auf meinen frisch aufgeräumten Schreibtisch packte ich alles, was ich bisher zusammenrecherchiert hatte. Ich sortierte das Material, ordnete es immer wieder neu und kam doch keinen Schritt weiter. Irgendwie musste ich eine Verbindung zwischen gestern und heute herstellen, und mein Bindeglied war Glosswig, der Kripo-Veteran. Also rief ich ihn an.

»Shiva hier, ich grüße Sie.«

»Ach, die neugierige junge Dame, die sich für den Kreuzworträtselmord interessiert. Ich habe mich schon gefragt, wann Sie wieder anrufen würden.«

»Wieso das denn?«

»Weil wir bei unserem ersten Treffen nur an der Oberfläche gekratzt haben. Sie haben weiter recherchiert, vielleicht haben Sie den ein oder anderen Beteiligten gesprochen, dann haben Sie sicher neue Fragen zu unseren damaligen Ermittlungen.«

»Sie lesen in mir wie in einem offenen Buch. Ich habe tatsächlich ein paar Fragen.«

»Und ich hoffentlich die Antworten.«

»Wieder in der Mokkabar, morgen Mittag um zwölf?«

»Aber gern.«

Am nächsten Tag schaffte ich es wieder nicht, vor Glosswig in der Mokkabar zu sein. Er winkte mir bereits fröhlich mit seiner kalten Pfeife zu, als ich – von der neuerlichen Parkplatzsuche gestresst – hereinstolperte.

»Setzen Sie sich und kommen Sie zu Atem, meine Liebe. Einen Kaffee? Oder möchten Sie etwas Stärkeres, nach allem, was Sie in Oberhof erleben mussten?«

»Woher wissen Sie denn davon?«

»Ich bitte Sie! Unterschätzen Sie den polizeiinternen Buschfunk mal nicht. Wenn irgendwo im Dunstkreis der Polizei etwas geschieht, das auch nur entfernt mit dem Kreuzworträtselmord zu tun haben könnte, erfahre ich das innerhalb von wenigen Minuten. Wir hatten bei der Polizei schon Netzwerke, als es das Wort noch gar nicht gab.«

»Dann wissen Sie, dass ich bei Sven G. war?«

Er nickte. »Den Besuch hätten Sie sich sparen können. Verschlossen wie eine Auster, der Kerl. Und man kann es ihm noch nicht einmmal verdenken. Er hat seine Strafe verbüßt, und die Dämonen, die ihn wegen seiner Tat verfolgen müssen … Aber lassen wir das.«

»Dann wissen Sie auch, dass ich überfallen wurde?«

Glosswig nickte erneut, und aus seinem Blick sprach echtes Mitgefühl. »Das wiederum macht mir wirklich Sorgen. Weil es für diese Tat keine Erklärung zu geben scheint. Oder haben Sie mittlerweile eine gefunden?«

Ich schüttelte den Kopf. »Ich habe keine Ahnung, wer der Kerl war und warum er mir gedroht hat. Sie kennen das Foto?«

Ich legte das Bild vor ihn hin.

»Natürlich kenne ich das Bild – Beziehungsweise nein, dieses Bild kenne ich nicht. Ich kenne nur eine Ausschnittvergrößerung, die ausschließlich den Täter zeigt. Lassen Sie mal sehen, bitte.« Er fummelte eine Lesebrille hervor und nahm das Foto zur Hand. Sofort wurden seine Augen riesengroß. »Das gibt's doch nicht. Das kann doch kein Zufall sein …«

»Stimmt irgendetwas nicht?«

Glosswig tippte mit dem Finger auf Susanna. »Diese Dame kenne ich. Ich habe sie vor über dreißig Jahren verhört. Das ist die Freundin des Täters.«

Jetzt wurden meine Augen riesengroß, und in meinem Kopf fielen plötzlich alle Teile des Puzzles an ihren Platz. Susanna schien immer noch traumatisiert zu sein, deshalb rastete sie regelmäßig aus, wenn in ihrer Gegenwart Kreuzworträtsel erwähnt wurden. Und ich hatte ihr – arglos wie ich war – in der Hotelbar immer von meinen Recherchen erzählt, so dass sie jederzeit wusste, was ich als nächstes vorhatte … Natürlich! Susanna wollte verhindern, dass ich die alte Geschichte wieder ausgrub. Deshalb hatte sie meine Reifen zerstochen und die Adresse von Sven G. bei der Gemeindeverwaltung abgeholt, um

Zeit zu gewinnen, um den Typen auf mich anzusetzen und mich zu bedrohen. Aber warum? Was machte ihr Angst? Was durfte ich nicht entdecken?

»Wenn ich Ihr Gesicht richtig deute, dann haben Sie gerade eine plausible Theorie entwickelt«, riss mich Glosswig aus meinen Gedanken.

Ich nickte.

»Wann fahren Sie?«

»Wohin?«

»Bitte, beleidigen Sie meine Menschenkenntnis nicht, Shiva. Sie haben sich doch eben entschlossen, zu Susanna zu fahren.«

19

Man konnte so einiges gegen Frau Malzahn, unseren Redaktionsdrachen, sagen, aber wenn sie merkte, dass es um etwas ging, konnte sie ein richtiger Schatz sein. Und sie konnte googeln wie ein junger Gott. Auf dem Weg zu meinem Auto hatte ich sie um Susannas Adresse gebeten, und postwendend kam auch schon ihr Rückruf mit einer Erfurter Adresse. Sie fragte, ob sie mich dort ankündigen sollte, aber das verneinte ich. Ich hatte vor, Susanna zu überraschen, in der Hoffnung, dass sie zu Hause war. Ich wollte sie unvermittelt vor vollendete Tatsachen stellen.

Ich programmierte das Navi und nahm Kurs auf die Avus. Bald hatte ich den Stadtverkehr hinter mir gelassen und richtete mich in meiner Autobahn-Routine ein. Ich fuhr stur Tempo 130 und im Radio war ein Jazzsender eingestellt. Hin und wieder warf ich einen Blick in den Rückspiegel … Moment! Tauchte da nicht immer wieder ein roter Farbtupfer im Spiegel auf? Sofort waren meine Nerven wieder angespannt. Vorsichtig verlangsamte ich, die hinter mir fahrenden Autos zogen eins nach dem anderen an mir vorbei. Aber dann! Ein roter Megane, der ebenfalls langsamer wurde, als er mich sah. Erstaunlich. Kaum befasste ich mich wieder mit dem Kreuzworträtselmord, war mein »Begleiter« wieder da.

Aber diesmal waren wir auf der Autobahn, und hier galten andere Spielregeln. Ich gab Gas, bis der Megane aus meinem Rückspiegel verschwunden war, und wartete auf den nächsten Parkplatz. In den bog ich ein, solange er mich noch nicht sehen konnte, fuhr im Schritt-Tempo weiter, bis er am Parkplatz vorbeigerauscht war, und setzte mich hinter ihn. Nun konnte ich mir in aller Ruhe seine Autonummer notieren.

Und wieder mal fiel mir die Kinnlade runter. Der Megane hatte eine Berliner Nummer mit den Buchstaben AB – wie alle Dienstwagen des »Aktuellen Blatts«. Mein Verfolger war ein Kollege! Schleunigst ließ ich die frisch eingebaute Freisprecheinrichtung Frau Malzahn anklingeln, die auch sofort den Hörer abnahm.

»Wer von den Kollegen fährt einen roten Megane mit der Nummer –«

»Die Nummer brauche ich nicht, den einzigen roten Megane fährt Herr Krüger«, unterbrach sie mich.

»Danke, Frau Malzahn!«

»Brauchen Sie seine Handynummer?«

»Nein, die hab ich noch im Speicher, er ruft mich öfters an.«

Krüger hatte mittlerweile gecheckt, dass ich mich hinter ihn gesetzt hatte, und ließ sich nun seinerseits zurückfallen. Mittlerweile war ich ziemlich wütend und rief ihn an.

»Hallo Shiva«, meldete er sich mit zuckersüßer Stimme. Aber nicht mit mir.

»Dennis, was fällt dir ein, mich zu beschatten? Das ist im höchsten Maße unkollegial und –«

»Jaja, unkollegial, blablabla. Aber weißt du was, Shiva, das ist mir so was von scheißegal. Ich will mein Stück vom Kuchen abhaben, und das hol ich mir, auch wenn du es nicht freiwillig abgeben willst.«

»Könntest du mir bitte erklären, was du meinst?«

»Aber gern. Ich will auch mal so coole Storys bekommen wie das Liebchen vom Chef.«

»Ich hab nichts mit Lutz –«

»Das kannst du einem erzählen, der sich die Hosen mit der Kneifzange anzieht. Du kriegst immer die fetten Geschichten, du kommst mit deinen Storys immer auf die Titelseite, du –«

»Vielleicht, weil ich eine gute Journalistin bin«, fauchte ich ihn an.

»Das glaubst du doch wohl selber nicht!«, höhnte Dennis zurück. »Beziehungen sind alles, in jedem Job. Und wenn Lutz dir den Kreuzworträtselmord gegeben hat, dann lauert da irgendwo eine Sensation, das ist doch klar wie Kloßbrühe.«

»Sag mal, dir ist doch klar, dass ich das alles Lutz erzählen muss. Was dann los ist, kannst du dir ja ausmalen.«

»Ja, und? Meinst du, das juckt mich? Es gibt noch andere Blätter als das ›Aktuelle‹, die nehmen mich mit Kusshand, wenn ich mit einer Top-Story zum Kreuzworträtselmord ankomme.«

Ich trat aufs Gaspedal.

»Netter Versuch, Shiva! Aber mich wirst du nicht mehr los!«

Ich fuhr, so schnell ich konnte, aber es gelang mir nicht, Dennis abzuschütteln. Der Verkehr war zu dicht, um wirklich schnell zu fahren, und ich hatte keine Lust, im Straßengraben statt in Erfurt zu landen.

Doch dann kam mir der Zufall zu Hilfe. Zwei Kilometer vor dem nächsten Autobahnparkplatz wurde die Geschwindigkeit scheinbar ohne Grund erst auf 120, dann auf 80 und schließlich auf 60 km/h beschränkt. Wenn das mal keine Radarfalle war und die Polizei auf dem Rastplatz wartete … Ich rief Dennis an.

»Okay, lass uns reden.«

»Ich wusste, du würdest Vernunft annehmen.«

»Ich fahr auf den nächsten Parkplatz, der kommt in einem Kilometer.«

»Wehe, du versuchst ein linkes Ding, ich hol dich jederzeit wieder ein.«

»Warum sollte ich dich austricksen?«

Krampfhaft bemühte ich mich, mit Dennis im Gespräch zu bleiben, und hoffte inständig, dass er keine Freisprecheinrichtung hatte. Es klappte. Ich fuhr auf den Parkplatz, auf dem die Polizei wartete, und redete weiter mit Dennis, der mir folgte und mit dem Handy am Ohr an den staunenden Polizeibeamten vorbeifuhr und hinter meinem Wagen stoppte.

»Tja, liebe Shiva …«

»Tja, lieber Dennis. Sieht so aus, als ob der nette Polizeihauptmeister, der gerade neben deinem Wagen auftaucht, etwas von dir will.«

»Wie, was?«

»Dürfte ich mal Fahrzeugschein und Papiere sehen, junger Mann?«, hörte ich den Polizisten aus dem Handy.

»Aber …«

»Mit Freisprecheinrichtung wäre das nicht passiert, Dennis. Wir sehen uns. Irgendwann, irgendwo.«

Ich legte den Gang wieder ein und fuhr los. Krügers Flüche klangen wie Musik in meinen Ohren.

20

Nach gut drei Stunden hatte ich schließlich Erfurt erreicht. Eigentlich hätte ich von der langen Fahrt müde sein müssen, aber in meinen Adern pulsierte das Adrenalin. Hunderte Fragen, die ich Susanna stellen wollte, schwirrten in meinem Kopf herum, und ich konnte es kaum erwarten, das mehr als dreißig Jahre alte Rätsel, das den Kreuzworträtselmord umgab, zu lösen.

Susanna wohnte nicht weit vom Erfurter Dom entfernt, in einem komplett sanierten Altbau. Das Haus wirkte sauber und anheimelnd auf mich, ein Ort, an den man sich gern zurückzog. Beinahe tat es mir leid, diese beschauliche Ruhe zu stören. Beinahe. Aber dann dachte ich an meine zerschnittenen Reifen und den ungebetenen Gast in meinem Hotelzimmer und klingelte.

Der Türsummer ertönte nach einer Weile, und ich begann, in den zweiten Stock zu Susannas Wohnung hinaufzuklettern. Als ich auf dem letzten Treppenabsatz war, öffnete Susanna ihre Wohnungstür. Offensichtlich hatte sie jemand anderen erwartet, denn sie starrte mich mit offenem Mund an.

»Shiva? Was machst du denn hier? Wieso bist du in Erfurt?«

»Darf ich hereinkommen?«

»Natürlich.«

Die Wohnung war in hellen, freundlichen Cremefarben eingerichtet. In jedem Zimmer stand mindestens ein Blumenstrauß. Hier wohnte jemand, der eine lichte, freundliche Atmosphäre um sich herum schaffen wollte. Ein Balkon öffnete sich in Richtung Domberg und Festung, hier konnte man es wirklich aushalten.

»Schön hast du's hier.«

»Danke. Magst du einen Kaffee oder ein Wasser?«

»Ein Kaffee wäre nicht schlecht. Wenn es nicht zu viele Umstände macht.«

»Unsinn, das geht ganz schnell.«

Dann klapperte sie aber doch eine ganze Weile in der Küche herum, als wollte sie unser Gespräch hinauszögern. Schließlich kam sie mit einer Kaffeekanne, Tassen und Zuckerdose herein, baute den ganzen Kram auf und schenkte ein.

»Ach je, ich habe die Milch vergessen …« Susanna wollte schon wieder aufspringen.

»Macht nichts, ich trinke den Kaffee schwarz!« Was eigentlich gelogen war, aber ich wollte verhindern, dass sie noch mal in der Küche verschwand.

»Also, Shiva, was führt dich nach Erfurt?«

»Du.«

»Ich?«

»Ich dachte, dass du mir vielleicht etwas erzählen möchtest.«

»Ich wüsste nicht was.« Susanna lächelte irritiert. Oder besser gekünstelt.

»Von Kreuzworträtseln zum Beispiel.«

Ihre Gesichtszüge versteinerten. Sie senkte den Kopf und schwieg. Nach einer Weile sagte sie tonlos: »Ich möchte, dass du jetzt gehst.«

»Ich gehe gerne. Sowie ich von dir ein paar Erklärungen bekommen habe.«

»Ich habe nichts zu sagen.«

»Gut. Dann ruf die Polizei. Du musst mich schon rauswerfen lassen, denn freiwillig gehe ich nicht, bevor ich nicht erfahren habe, warum du mir die Reifen zerschnitten hast. Warum du dich auf der Gemeindeverwaltung in Schaulern als Mitarbeiterin von mir ausgegeben hast. Und warum du mir diesen Schlägertyp auf den Hals geschickt hast, der mir entsetzlich wehgetan hat.«

Susanna starrte auf den Teppich und wippte mit dem Oberkörper hin und her. Entweder sie spielte sehr gut Theater oder sie war fürchterlich traumatisiert.

»Susanna, bitte sprich mit mir. Durch dein Schweigen änderst du nichts. Wenn du nicht anfängst, darüber zu reden, wirst du dich nie von den Dingen befreien können, die dich bedrücken. Es wird immer so weitergehen. Für den Rest deines Lebens.«

Schweigen. Wippen.

»Willst du das wirklich? Dass alles so bleibt, wie es ist?«

Das Wippen hörte abrupt auf. Susanna sah mir in die Augen.

»Vielleicht bin ich ja doch soweit. Ich glaube, ich kann dir vertrauen.«

Diesmal schwieg ich. Ich wollte sie nicht drängen.

»Glaub mir, ich wollte dir nicht wehtun, es ging alles so schnell, ich musste doch handeln, ich hatte panische Angst. Du wusstest einfach schon zu viel.«

»Eigentlich wusste ich gar nichts. Ich weiß noch immer nur das, was damals in den Zeitungen stand.«

»Gregor sollte dir nicht wehtun. Er sollte dich nur erschrecken, aber dann ist die … die Situation außer Kontrolle geraten, es tut mir so leid …«

»Ich werde drüber hinwegkommen.«

Susanna schwieg einen Moment und knetete ihre Hände.

»Ich habe noch nie darüber geredet, es fällt mir furchtbar schwer … Ich habe all die Jahre versucht, das alles zu verdrängen, einfach zu vergessen, aber es ist mir nicht gelungen.«

»Fang einfach an.«

»Du arbeitest für die Zeitung. Wenn ich dir jetzt von … von der Sache erzähle, lege ich mein ganzes Schicksal in deine Hände.«

»Ich bin mir dieser Verantwortung bewusst. Und – falls es dich beruhigt – ich habe noch nie etwas veröffentlicht, was einem Menschen geschadet hat, der sich mir anvertraut hat.«

»Vielleicht bin ich dann die Erste.«

»Bestimmt nicht.«

Ich lächelte sie beruhigend an. Aufmunternd. Unauffällig griff ich in meine Handtasche und stellte das Diktiergerät an.

21

Ich war fünfzehn Jahre alt, und besuchte gerade die neunte Klasse einer Polytechnischen Oberschule in Halle-Neustadt. So nannte sich die Schule damals in der DDR. Eines Tages ging in unserer Klasse ein Zettel rum, auf dem stand: »Wer hat Lust auf Tanzstunde?« Natürlich hatte ich große Lust und meine Freundin auch, also meldeten wir uns gleich zu dieser Tanzstunde an. Sie sollte im sogenannten »Treff« in Halle-Neustadt stattfinden. Ich kann mich noch sehr gut daran erinnern, wie wir beide der ersten Tanzstunde entgegenfieberten, wir waren so was von aufgeregt, das war schon total seltsam mit uns. Wir konnten nicht mal mehr dem Unterricht folgen, denn es gab nur noch dieses eine Thema für uns beide. Na ja, wir waren eben Teenies. Allein der Gedanke, dass wir viele neue Jungs kennenlernen würden, wow, das war damals *das* Hauptgesprächsthema. Jungs!

Endlich war der Tag gekommen, und wir versammelten und im großen Saal im »Treff«. Die Jungs saßen auf der einen und die Mädels auf der gegenüberliegenden Seite. Meine Freundin und ich musterten die Jungs ziemlich genau und tuschelten hinter vorgehaltener Hand, welcher uns wohl am besten gefiele. Das war schon sehr lustig. Natürlich passten wir auf, dass wir uns nicht zu auffällig verhielten. Ich war ganz schön schüchtern, ich schaute immer gleich weg, wenn mich ein Junge in Augenschein nahm. Auch wenn die Jungs fast alle irgendwie durchschnittlich waren.

Doch bei einem blieb mein Blick plötzlich hängen. Wow, dachte ich, und stupste meine Freundin an. Schau mal, sagte ich zu ihr, der da drüben, der Sechste von links, sieht der nicht toll aus? Ich musste ihn ständig anschauen, er aber hatte seinen Blick stur auf den Tanzlehrer gerichtet, oder er schaute auf seine Hände, die er ziemlich nervös knetete. Meine Freundin lachte und nickte zustimmend. Sie war noch auf der Suche.

Mein Problem war jetzt: Wie komme ich an diesen Jungen ran? Schließlich waren hier ja noch mehr Tussis, die mit Sicherheit bereits ein Auge auf ihn geworfen hatten. Je mehr ich ihn ansah, desto sicherer war ich mir, dass er auch so schüchtern war wie ich. Vielleicht sollte ich ihn auf mich aufmerksam machen, aber wie sollte ich das anstellen? Ich saß ihm zwar gegenüber, aber er hatte scheinbar nur Augen und Ohren für den Tanzlehrer.

Der Gedanke, es könnte mir eine andere zuvorkommen, machte mich fertig. Ich war plötzlich furchtbar aufgeregt. Ja, ich bekam fast Panik. Ich schaute immer und immer wieder zu dem Jungen hinüber, es könnte ja sein, dass ich doch noch einen Blick von ihm erhaschen konnte. Schließlich hörte ich gerade noch rechtzeitig wie der Tanzlehrer sagte: »Ich hoffe, ihr habt alles soweit verstanden, nun bitte ich die Jungen und auch die Mädchen, sich ihre Tanzpartner zu suchen.«

Der Tanzlehrer hatte den Satz noch nicht beendet, als ich schon aufsprang. Natürlich war ich die Erste, das war peinlich, aber das war mir in dem Moment egal. Ich war wirklich ein sehr schüchternes Mädchen, aber in diesem Augenblick hat mich wohl irgendwas gewaltig gestochen. Ich lief, nein, ich rannte fast auf den Jungen zu. Und dann sah ich doch im rechten Augenwinkel, dass sich tatsächlich noch jemand meinen Jungen ausgeguckt hatte. Ich spürte, wie mir die Röte ins Gesicht stieg, eine Tomate war nichts gegen mich.

Er stand ein bisschen unbeholfen da, so wie bestellt und nicht abgeholt. Aber dann trafen sich endlich unsere Blicke, und es waren nur noch wenige Schritte bis zu ihm. Wenn er eins und eins zusammenzählen konnte, dann würde er merken, dass ich zu ihm wollte. Leider war die blöde Kuh einen Augenblick eher da als ich. Ich schickte ihm einen flehenden Blick, er schaute meine Konkurrentin an, schaute mich an, er schaute wieder sie an, dann schüttelte er den Kopf und kam auf mich zu. Mir fiel ein Riesenstein vom Herzen, ich hätte am liebsten einen Freudenschrei ausgestoßen, aber ich hielt mich zurück und lächelte ihn dankbar an. Ich war in diesen Augenblick wohl der glücklichste Mensch auf der ganzen Welt.

Ich war sogar richtig stolz auf mich. Ich hatte das geschafft, was ich mir gewünscht hatte. Das war einfach irre. Nun standen wir beide uns gegenüber. Auch sein Gesicht hatte eine ziemlich rote Farbe angenommen. Wir tasteten uns vorsichtig mit Blicken ab, aber keiner traute sich, das erste Wort zu sagen, wir trauten uns noch nicht mal, uns richtig in die Augen zu sehen. Schließlich fasste ich mir ein Herz: »Verrätst du mir deinen Namen?« Das kam ziemlich stotterig raus, aber was soll's.

»Ja sicher, entschuldige, mein Name ist Sven, und wie heißt du?«

»Susanna.«

Dann ging es los, der Tanzlehrer erklärte uns, welche Haltung wir beim Tanzen einnehmen sollten. Es war so aufregend. Wir berührten uns das erste Mal. Es war für mich das allererste Mal, dass ich einen Jungen berührte. Das war ein schönes Gefühl. Ich kam ihm ganz nah, ich konnte ihn sogar riechen. Er hatte Parfüm aufgelegt, nur wie er roch, das weiß ich nicht mehr, er roch eben nach Mann.

So, nun weißt du, wie ich meinen damaligen Freund kennengelernt habe, und das war mit Abstand der angenehmste und schönste Teil meiner Geschichte, denn es war wirklich eine schöne Zeit für mich. Wir haben viel unternommen, soweit unsere begrenzten Finanzen das zuließen. Aber das machte uns nichts aus, wir haben die Zeit auch ohne Geld genossen. Hätte es denn nicht so bleiben können?

Noch bevor ich die Schule in Halle-Neustadt beenden konnte, musste ich zu meiner Mutter auf den Darß ziehen, wo sie zu der Zeit gearbeitet hat. Dort absolvierte ich die zehnte Klasse und begann – gegen meinen Willen – eine Kellner-Lehre in Heringsdorf. Ich hatte keinen Bock darauf, aber es half alles nichts: Weil meine Mutter im Gaststättengewerbe arbeitete, musste ich eben Kellner lernen. Diese Zeit der Trennung war für mich und Sven ganz schlimm. Wir hatten beide das Gefühl, dass uns die Sehnsucht auffrisst. Doch die Erlösung kam aus heiterem Himmel, als meine Mutter mich fragte, ob ich die Lehre nicht in Halle beenden wollte, um die Wohnung mit ihren Sachen zu hüten, bis sie selbst eine richtige Wohnung an der Ostsee gefunden hatte.

Ich musste zweimal fragen, ob sie das auch ernst meinte, dann zersprang mein Herz fast vor lauter Freude. Ich würde mit Sven in der Wohnung meiner Mutter leben können! Wenn … ja, wenn die Kaderabteilung einem Lehrstellenwechsel nach Halle-Neustadt zustimmen würde. Zu meiner Verwunderung tat sie genau das: Mit Beginn meines zweiten Lehrjahrs, also ab September 1980, war ich wieder in Halle. Sven verbrachte abwechselnd ein paar Tage bei mir und ein paar Tage bei seinen Eltern. Nach einer Weile fühlte es sich so an, als hätten wir schon immer zusammengewohnt.

Trotzdem musste ich mich für die Lehre ziemlich reinhängen und einiges an Theorie aufholen, wenn ich die Ausbildung 1981 erfolgreich beenden wollte.

22

Doch dann kam der schrecklichste Tag in meinem Leben. Es war der fünfzehnte Januar 1981, ein Donnerstag. An diesem Tag war ich arbeiten, ich hatte Mitteldienst, der ging von elf bis zwanzig Uhr. Damals war ich in der Lehrausbildung zur Restaurantfachfrau. Es war ein schrecklich kalter Wintertag, und aus irgendeinem Grund durften wir Lehrlinge an diesem Tag früher nach Hause gehen.

Wegen der Kälte lief ich so schnell ich konnte nach Hause und freute mich auf eine schöne Tasse heißen Tee. Ich war mir nicht sicher, ob Sven in unserer Wohnung war, denn er hatte am Vormittag was von seinen Eltern gebrubbelt und gemeint er würde heute Abend erst vorbeischauen. Egal. Ich würde gleich sehen, ob er zu Hause war oder nicht.

Endlich stand ich durchgefroren vor der Wohnungstür in der dritten Etage. Mit klammen Händen fummelte ich den Schlüssel ins Schlüsselloch. Ich wunderte mich, dass die Tür nicht verschlossen war, denn ich schloss immer zweimal rum, wenn ich die Wohnung verließ. Mein Schlüssel steckte noch in der Tür, als sie plötzlich aufgerissen wurde. Jemand zog mich unsanft in die Wohnung und warf die Tür blitzschnell hinter mir zu. Es war Sven, der mich so unsanft behandelte. Ich schaute ihn fragend an. Was war denn nur los mit ihm? Irgendetwas stimmte hier doch nicht. Ich brachte vor Schreck kein Wort hervor.

Er hielt mich am Oberarm gepackt, was mir langsam wehtat. Ich wollte mich losreißen, aber ich schaffte es nicht.

Sein Griff war ungewöhnlich derb und fest. Langsam fand ich meine Stimme wieder.

»Was ist denn nur los mit dir, und warum tust du mir so weh? Was hast du denn gemacht? Ist was passiert, und lass mich doch endlich mal los!«

Ich zerrte und wand mich, aber es war zwecklos. Ich redete weiter auf ihn ein, aber alles schien an ihm abzuprallen. Er wirkte sehr nervös auf mich, richtig fremd, und so grob war er auch noch nie zu mir gewesen.

Schließlich konnte ich mich losreißen. Sven schaute mich verärgert an, und ich rieb mir den schmerzenden Arm.

»Sven, was ist hier los, was in Gottes Namen ist in dich gefahren? Wie benimmst du dich mir gegenüber, was soll das?«

Ich verstand die Welt nicht mehr, denn das war nicht der Sven, den ich bisher gekannt hatte.

Statt einer Antwort zog mich Sven in die Stube, dann stellte er sich ganz dicht vor mich hin und schaute mich eine gefühlte Ewigkeit lang an.

Dann sagte er plötzlich: »Du, Susanna, wie soll ich es dir bloß sagen, na ja, also, ich hab's eben getan. So, jetzt ist es raus.«

»Was hast du getan? Nun sag doch endlich, was mit dir los ist, *was hast du getan?*«

Plötzlich hörte ich ein dumpfes Geräusch, es hörte sich komisch an, fremdartig.

»Was war das für ein Geräusch?«, fragte ich ihn, fast flüsternd. »Kam das aus dem Bad?«

»Na ja, eben genau das versuche ich dir die ganze Zeit zu erklären, aber du lässt mich ja nicht zu Wort kommen.«

»Wie wäre es, wenn du mir nun endlich mal sagst, was hier los ist?« Ich schrie ihn nun an, denn mich beschlich plötzlich ein sonderbares Gefühl, und Angst hatte ich auch vor dem unbekannten Geräusch.

Doch Sven sagte plötzlich ganz gelassen: »Bleib nur ruhig und hör mir einfach mal zu.«

Er hielt mich wieder an beiden Oberarmen fest, diesmal jedoch weitaus sanfter.

»Also, wie soll ich es dir nur erklären. Ich ... ich hab einen kleinen Jungen mit in die Wohnung genommen. Ich konnte einfach nicht anders, er war so niedlich, irgendwas ist da über mich gekommen, ich musste ihn um alles in der Welt mitnehmen. Du kannst das sicher nicht verstehen, aber bitte versuch es, ich weiß, dass es dir nicht leicht fallen wird, aber ich konnte einfach nicht anders.«

»Stimmt, ich kann dich und so etwas überhaupt nicht verstehen. Und nein, das glaub ich dir auch nicht, du verarscht mich, jetzt komm mal wieder auf den Teppich und dann raus mit der Sprache, was ist wirklich los mit dir?«

»Das Geräusch eben aus dem Bad kam von ihm.«

»Wie von ihm? Wie geht das denn? Moment mal, du hast ein richtiges Kind hier in die Wohnung mitgenommen, nur weil du es so niedlich gefunden hast? Was willst du denn mit einem Kind, einem Jungen, einem kleinen Jungen?«

Ich befreite mich aus seinem Griff, setzte mich auf die Couch und tippte mir mit dem Finger an die Stirn. »Jetzt biste, glaube ich, ganz und gar durchgedreht, ich glaube dir kein Wort mehr.«

Plötzlich hörte ich wieder dieses dumpfe Geräusch.

»Was war das?«

Erst jetzt bemerkte ich, dass die Essecke voller Blutspritzer war.

»Sven! Was ist hier los? Wo kommt all das viele Blut her?«

»Das versuche ich dir doch die ganze Zeit schon zu erklären, aber du hörst mir ja einfach nicht zu.«

»Du willst mir doch nicht etwa sagen, dass du tatsächlich einen kleinen, unschuldigen Jungen ... mit hierher gebracht hast?«

»Doch, schon, es ging nicht anders, glaub es mir.«

Ich deutete auf die Blutspuren. »Heißt das etwa, dass du dem kleinen Jungen wehgetan hast?«

Ich fing an zu zittern. »Wo ist der Junge jetzt? Das viele Blut, er ist sicher schlimm verletzt, wir müssen ihn zum Arzt bringen!«

Sven stand da und schaute mich nur an, oder schaute er durch mich hindurch? Ich konnte es nicht erkennen, mir war so furchtbar zumute.

»Nun sag schon, wo ist der Junge?«

Wieder hörte ich dieses dumpfe Geräusch.

»Hör zu, der Junge braucht keinen Arzt mehr.«

Sven sagte das mit einer solchen Gelassenheit, dass ich Angst bekam. Ich sah all das viele Blut auf der Sitzecke und mir wurde plötzlich furchtbar schlecht.

»Was ist hier nur passiert?« Ich schluchzte, und da war es wieder, das dumpfe Geräusch, es klang so furchtbar, dass es mir durch Mark und Bein ging.

»Das kommt doch aus dem Bad, oder?«, fragte ich.

»Ja, sicher doch, der Junge liegt in der Badewanne.«

»Warum liegt er da drin?«

»Versuch mich einfach zu verstehen. Wenn ich ihn hätte laufen lassen, dann hätte er mich womöglich verraten. Das Risiko konnte ich doch nicht eingehen. Also habe ich kurzerhand versucht, ihn irgendwie umzubringen, allerdings konnte ich nicht ahnen, dass es so schwer ist, ein Kind zu töten.«

Irgendwas zog mir den Boden unter den Füßen weg. Ich fasste mir an den Kopf. »Was hast du nur getan? Ich glaub das alles nicht, du hast versucht, ein Kind zu töten, einfach so? Aber warum, der kleine Junge hatte dir doch nichts getan? Warum also tust du ihm so weh, er hat doch Eltern, die auf ihn warten. Wie alt ist der Junge überhaupt?«

»Ich glaube, er hat acht Jahre gesagt.«

Ich konnte nur den Kopf schütteln, Worte gab es für den Horror nicht, der sich gerade in unserer Wohnung abspielte.

»Nun überleg doch selber mal, sollte ich mich von dem Jungen vielleicht noch verraten lassen, nee, ganz bestimmt nicht. Also blieb mir doch keine andere Wahl. Na ja, jedenfalls hab ich es nicht ganz hinbekommen, irgendwie lebt er noch, aber nicht mehr richtig, ach, ich weiß nicht, du siehst ja, wie es hier aussieht. Deshalb habe ich ihn dann gleich in die Badewanne gepackt, um zu vermeiden, dass es hier noch schlimmer aussieht.«

Ich fand meine Sprache wieder. »Bist du eigentlich noch du selbst? Sag mir wenigstens nur eines, was dir der kleine Junge getan hat, sag es mir!«

»Ja, ist ja schon gut, er war eben so niedlich, da konnte ich einfach nicht anders.«

»Ach so, und das war dann sein Todesurteil, Pech für ihn, was soll's. So siehst du es doch, nicht wahr?«

»So in etwa liegst du richtig, aber das Problem im Moment ist eben, dass er noch nicht ganz tot ist, aber auch nicht mehr bei Bewusstsein. Das dumpfe Geräusch kommt vermutlich daher, dass er mit dem Arm oder dem Bein an den Wannenrand stößt. Anders kann ich es mir nicht erklären.«

Sven redete darüber, als ob wir uns über das Wetter unterhielten, und nicht darüber, dass er dabei war, einen kleinen Jungen zu töten. Ich hielt mir die Augen zu, ich hatte Angst, dass Gleichgewicht zu verlieren und am Ende noch von der Couch zu rutschen. Ich wollte etwas sagen, aber meine Kehle war wie zugeschnürt, ich konnte wieder nur den Kopf schütteln. Und dann war da wieder das dumpfe Geräusch, schnell hielt ich mir die Ohren zu. Es war nicht zu ertragen. Ich fühlte mich so elend, diese ganze Situation war so furchtbar. Nach einer kleinen Ewigkeit brachte ich endlich wieder Worte über die Lippen.

»Sven, warum, warum hast du das getan?«

Ich guckte in unserer Stube herum, hinüber zur Polsteressecke, die man zuerst sah, wenn man die Stube betrat. Sie bestand aus lauter goldfarbenen Plüschelementen mit einem passenden Esstisch dazwischen. Neben der Plüschecke stand ein Blumenraumteiler, dahinter die Couch mit dem kleinen Tisch in der Mitte und zwei Sesseln davor. Hinter den Sesseln an der gegenüberliegenden Wand stand die Anbauwand, und ganz rechts war das große Fenster mit der Balkontür. Die Stube war sehr gemütlich und warm eingerichtet. Schließlich war es mein Zuhause. Meine Mutter hatte mir immer ein schönes, gemütliches und sauberes Zuhause geboten, obwohl wir ziemlich oft umgezogen sind. Ich habe mich bei uns immer wohl gefühlt. Und diese Wohnung war für die damaligen ostdeutschen Verhältnisse wirklich super. Denn zu neunzig Prozent wurden die Wohnungen so gebaut, dass Küche und Bad kleine Löcher waren, und das war bei unserer Wohnung ganz und gar nicht der Fall.

Ich musste ständig auf die Blutflecke gucken.

Plötzlich wurde ich von irgendetwas getrieben. Ich sprang auf und rannte wie eine Besessene zur Wohnungstür, dabei hatte ich nur einen Gedanken – raus hier, raus und gleich zur Polizei!

Doch ehe ich überhaupt an der Wohnungstür war, hielt mich Sven schon wieder unsanft am Arm fest.

»Wo willst du denn so schnell hin, du bleibst hier, du wirst nirgendwo hingehen.«

»Oh doch, das werde ich, und zwar zur Polizei. Du bist ja nicht mehr Herr deiner Sinne, so verhält sich doch kein normaler Mensch, lass mich endlich los, es reicht jetzt!«

Ich versuchte, mich aus seinen Griff zu befreien, aber er hatte sehr viel Kraft, und meine war wie weggeblasen durch den Alptraum, den ich gerade durchmachte.

»Lass mich einfach los, ich will mit alldem hier nichts zu tun haben, das hast du ganz allein zu verantworten. Wie kann man einem kleinen Kind so etwas antun, was hast du bloß getan, warum nur? Ich kann nicht mehr, verstehst du das nicht? Ich will raus hier, begreif das endlich!«

»Nein und noch mal nein, du wirst schön hierbleiben. Mitgefangen, mitgehangen, wann geht das in deinen Kopf? Du kannst nicht weg hier, du musst mir helfen, ich schaffe es nicht alleine, verstanden?«

Ich wehrte mich mit Händen und Füßen, versuchte mehrfach, aus der Wohnung zu fliehen, aber Sven hielt mich jedes Mal auf und stieß mich ins Wohnzimmer zurück. Bei jedem Fluchtversuch wurde er brutaler. Schließlich hatte ich keine Kraft mehr. Ich hob meinen Kopf und schaute ihn mit meinen verheulten Augen an.

»Was soll ich machen? Dir helfen? Das glaub ich ja wohl nicht. Lass mich endlich in Ruhe, hörst du!«

Ich hatte mehr und mehr das Gefühl, nicht mehr Herr über meinen Körper zu sein, als wenn er sich gegen all das hier wehren wollte. Ich wurde langsam zu einer Marionette, fühlte mich in meinen eigenen Körper gefangen. Dumpfes Schweigen breitete sich zwischen uns aus.

Auf einmal sagte Sven aus der Stille heraus: »Eigentlich habe ich ja versucht, den Jungen zu erwürgen, aber es hat irgendwie nicht geklappt, du kannst dir nicht vorstellen, wie schwer es ist, einen Menschen zu erwürgen. Im Fernsehen sah das immer alles so einfach aus, aber mir wollte es einfach nicht gelingen. Ich habe ihn irgendwie nicht tot bekommen, na ja.«

Ich konnte ihn nicht anschauen, aber er erzählte es so, als wenn er vom Wetter reden würde. Mit jedem Wort von Sven wurde es schlimmer.

»Ich konnte den Jungen nach alldem nicht wieder gehen lassen, er hätte mich mit Sicherheit bei seinen Eltern verraten, verstehst du das nicht?«

Ich schaute zu ihm hinüber, wollte ihm sagen, wie entsetzt ich war, weil er das so erzählte, als wenn es das Normalste der Welt wäre, einen kleinen Jungen zu töten. Aber ich war nicht in der Lage, auch nur ein Wort rauszubekommen, ich konnte ihm nur einen verachtenden Blick zuwerfen. Erst nach längerer Zeit fand ich meine Stimme wieder.

»Was meinst du überhaupt damit: Nach alldem konnte ich den Jungen nicht gehen lassen?«

»Was willst du denn hören?«

»Ich verstehe nicht, was du meinst, was hast du mit dem Jungen gemacht?«

»Na nichts, zumindest nichts Schlimmes. Eigentlich habe ich nur ein bisschen gekuschelt mit ihm.«

»Was hast du? Was soll das denn, vor allem warum und wieso?«

»Es ist nun mal passiert, mein Gott, stell doch nicht so blöde Fragen, ich will dazu jetzt auch nichts weiter sagen. Ich konnte aber nun mal kein Risiko eingehen. Ich hätte ihn nicht einfach so gehen lassen können, begreif das endlich, er hätte mich bei seinen Eltern verraten.«

»Und das zu Recht, du kannst doch nicht einfach so einen kleinen Jungen mit hierher nehmen, mit ihm kuscheln und ihn dann mal eben so töten, weil er dich vielleicht in Schwierigkeiten bringen könnte. In welchem Film lebst du eigentlich?«

»Du spinnst wohl, ich geh doch nicht wegen so einem Gör ins Gefängnis!«

»Oh entschuldige, natürlich, soweit habe ich nicht gedacht, jetzt verstehe ich, na klar. Du schaffst den Jungen aus der Welt und alles ist wieder in Butter, so wie früher, als wenn nie etwas gewesen wäre. Hab ich recht, bin ich jetzt auf deiner Wellenlänge?«

»Na endlich, nun hast du mich verstanden, könntest du mir jetzt mal behilflich sein, den Kleinen irgendwie zu beseitigen? Dann können wir so tun, als sei nie was gewesen. Du wirst sehen, dass das alles prima klappen wird.«

Mittlerweile war ich so wütend, dass ich nach Luft schnappte wie ein Fisch an Land. »Sag mal, träumst du? Hallo, wie naiv bist du denn? Glaubst du wirklich, dass das alles so einfach geht? Du hast einen kleinen Menschenjungen da im Bad und keine Puppe, an der du mal eben dies und jenes ausprobieren kannst.«

»Es ist nun mal so wie es ist, ich kann das jetzt auch nicht mehr rückgängig machen.«

Und wieder hörte ich dieses furchtbare Geräusch aus dem Bad, ich hielt mir schnell die Ohren zu. »Mach vor allem endlich, dass dieses Geräusch aufhört, ich ertrage das nicht mehr länger, es ist so furchtbar. Was hast du denn überhaupt mit dem Jungen gemacht, warum macht er dieses Geräusch?«

»Na ja, ich habe ihm den Mund zugestopft und Hände und Füße zusammengebunden. Mit dem Erwürgen hatte ich ja kein Glück, also habe ich nach einem größeren Gegenstand gesucht. In der Küche hinter dem Vorhang, in der Werkzeugkiste hab ich dann schließlich was Passendes gefunden.«

Er drehte sich um und ging zur Essecke, dann hob er einen großen Hammer vom Fußboden auf und hielt ihn mir unter die Nase. Ich wich vor Schreck zurück, denn der Hammer war voller Blut.

»Wie sieht denn der Hammer aus, was hast du denn nur gemacht?« Mein Verstand weigerte sich zu begreifen, was Sven getan hatte.

Sven drehte den Hammer hin und her. »Tja, auch dieses Teil hat leider nichts genützt, er ist ja immer noch nicht tot. Ich weiß einfach nicht, was ich noch machen soll.«

Das klang fast wie eine Aufforderung, wie »Hilf mir, ich bekomme den Nagel nicht in die Wand«. Und wieder sagte er das so gelassen, als wäre es das Normalste der Welt, mal eben zu versuchen, einen kleinen Jungen zu töten.

»Und als ich das viele Blut gesehen habe, hab ich ihn schnell ins Bad in die Wanne gelegt. Guck dir doch die ganze Schweinerei hier an. Ich geb ja zu, dass das alles nicht schön aussieht!«

»Wie willst du das denn alles wieder sauber bekommen? Du scheinst vergessen zu haben, dass das die Wohnung meiner Mutter ist, es sind ihre Möbel. Sie hat ihre Sachen immer sehr pfleglich behandelt, denn alles hier in der Wohnung hat sie sich mühsam erarbeiten müssen, um uns beiden ein schönes Zuhause zu bieten. Und nun saust du die schönen Möbel mal eben so mit einem ganzen Haufen Blut ein. Mach dir mal lieber auch einen Kopf, wie du das alles hier wieder sauber bekommen willst!« Solange meine Gedanken um die Möbel kreisten, musste ich nicht über das Kind in unserer Badewanne nachdenken.

»*Wir* werden das schon alles wieder sauber bekommen, glaub mir.«

»Wir? Du! Denn du glaubst doch wohl nicht, dass ich auch nur den kleinsten Finger krumm mache, um dir bei dieser Schweinerei zu helfen. Du wirst alles allein sauber machen, und zwar so, wie es vorher war. Du hast das hier zu verantworten, ich habe nicht den geringsten Anteil daran. Meine Mutter darf absolut nichts von alldem hier mitbekommen und schon gar nicht irgendwelche Spuren finden, die du nicht beseitigt hast.«

Ich war so in Rage, es war, als ob ich neben mir stand und das Ganze von außen beobachtete.

»Ja, ist ja schon gut, ich habe es verstanden.«

Und wieder kam das Geräusch aus dem Badezimmer.

»Und mach, dass das Geräusch aufhört!«, brüllte ich.

»Der Junge ist nun mal noch nicht tot, aber eben auch nicht mehr bei Bewusstsein, das müssen irgendwelche Nerven oder Reflexe sein, die ihn an den Wannenrand stoßen lassen.«

Ich finde keine Worte dafür, wie gleichgültig und gelassen Sven war. So kannte ich ihn nicht. Er war ein Monster, ein Kinder mordendes Monster. Ich drückte mich in die Ecke der Couch und starrte kopfschüttelnd auf den Boden.

»Susanna, hallo, hier bin ich, sag mal, hat deine Mutter vielleicht ein großes Messer?«

»Was willst du denn damit anfangen?«

»Was schon, ich muss es doch endlich schaffen, den Jungen tot zu bekommen.«

»Was sagst du da? Wenn der Junge noch lebt, dann müssen wir zum Arzt, wie oft soll ich dir das noch sagen!«

»Und wie oft soll ich dir noch sagen, dass da nur noch Reflexe sind, da ist nix mehr, begreif das endlich, ich muss nur endlich auch die Reflexe ruhig stellen.«

Ich musste mich schütteln, als ob ich den ganzen Alptraum von mir werfen konnte.

»Nun hilf mir doch endlich mal, sag mir, wo deine Mutter ein großes Messer hat!«

»In der Küche, wo denn sonst? Hättest du nur einmal abgewaschen, wüsstest du, wo die Messer sind.«

»Hol eins her!«

»Begreif doch endlich, dass ich mit dem hier absolut nichts tun haben will, ich kann nicht mehr und ich will nicht mehr, verstehst du das nicht? Das ist alles zu viel für mich.«

Ich hielt mir die Hände vors Gesicht und heulte drauflos. Sven winkte mit der Hand ab und ging selbst in die Küche. Ich hörte ihn laut in den Schubfächern rumkramen. Nach einer Weile kam er wieder zurück und hielt mir ein relativ großes Messer unter die Nase.

»Siehste, damit sollte es nun klappen, so was habe ich gesucht, das ist das richtige Gerät. Ich versuche ihn erst einmal ins Herz zu stechen, vielleicht bekomme ich ihn dann tot.« Sven verzog sich ins Badezimmer.

In meinem Kopf hämmerte es: Sven tötet gerade einen kleinen Jungen, ist das eigentlich alles real, oder erlebe ich gerade einen bösen Alptraum, kann ich dann nicht endlich mal aufwachen? Dieses Gedankenkarussell lähmte mich völlig und hinderte mich daran, über einen weiteren Fluchtversuch nachzudenken. Plötzlich stand Sven wieder vor mir.

»Du musst mir jetzt helfen, ohne dich schaffe ich es nicht. Ich glaube, der Junge ist endlich tot, ich habe ihm noch etliche Stiche ins Herz versetzen müssen, ehe ich gemerkt habe, dass es vorbei ist. – Jetzt reiß dich zusammen, hast du verstanden, was ich gerade eben gesagt habe?«

Ich schaute ihn zwar an, aber eigentlich auch wieder nicht, ich verstand sowieso nicht mehr, was er von mir wollte.

»Schau mir in die Augen und hör mir zu. Also, hat deine Mutter irgendwo einen größeren Behälter rumliegen?«

»Was willst du denn jetzt wieder von mir?«

»Susanna, komm zu dir, sonst kommen wir hier nicht weiter. Los jetzt, ich brauche einen größeren Behälter, liegt hier irgendwo so was rum?«

»Was? Nein. Ich weiß nicht.«

»Habt ihr nicht auch einen Keller?«

»Ja, sicher haben wir einen Keller. Was hast du jetzt schon wieder vor?«

»Komm, lass uns runtergehen, ich will mich mal umschauen.«

»Nein, ich geh nirgendwo mehr hin, mach das schön alleine. Ich habe keine Kraft mehr, und außerdem ist mir furchtbar schlecht. Ich bin so ganz nebenbei ein Mensch, schon vergessen?«

Ich saß immer noch in der äußersten Ecke unserer Couch, unfähig, mich auch nur einen Millimeter zu bewegen. Sven drehte sich um und ging allein in den Keller. Es dauerte lange, bis er wieder auftauchte. Als er wiederkam, bemerkte ich, dass er die Tür aufschloss, er hatte mich also eingeschlossen. Ich hätte ja wegrennen können. Das hätte ich wohl auch versuchen sollen, aber mein Gehirn war zu diesem Zeitpunkt nicht mehr in Lage, auch nur einen klaren Gedanken zu fassen, es ging einfach nicht mehr. Als Sven wieder in die Stube kam, wunderte ich mich, dass er von oben bis unten bepackt war.

»Was willst du denn mit dem ganzen Zeug, was hast du denn mit dem alten Koffer vor? Den wollte meine Mutter eigentlich demnächst entsorgen.«

»Na, dann passt das doch prima, dann entsorgen wir ihn eben jetzt schon. Und du hilfst mir endlich, wir wollen schließlich bis morgen früh fertig werden, und es gibt noch viel zu tun.«

»Für dich vielleicht, aber für nicht mich, ein absolutes Nein.«

»Und ich sage dir, dass du mir jetzt helfen musst, alleine schaffe ich das alles nicht, hast du das endlich verstanden, du musst, ob es dir passt oder nicht! Los nun, sonst werden wir nie fertig!«

Sven packte mich wieder unsanft am Arm und zog mich von der Couch hoch. Ich versuchte mich zu wehren und fing wieder an zu heulen, aber ich kam einfach nicht gegen ihn an, er war zu kräftig für mich. Davon abgesehen bestand ich ohnehin nur noch aus Pudding, denn mein Körper gehorchte mir schon lange nicht mehr.

»Ich habe mir überlegt, dass es wohl das Beste ist, den Jungen in den Koffer zu stecken. Ich hoffe, dass ich ihn da rein bekomme, aber vorher müssen wir ihn hier in die Plastesäcke packen. Die Säcke sind schön dick und stabil, das sollte das auslaufende Blut aufhalten. Um den Jungen in den Sack zu bekommen, musst du mir helfen, das ist es, was ich nicht alleine schaffe. Den Rest kriege ich dann schon irgendwie hin. Also komm, dass wir fertig werden.«

»Ich kann das nicht. Ich kann noch nicht mal einer Fliege was zuleide tun, und du tötest mal eben so einen kleinen unschuldigen Jungen, nein, ich kann das nicht. Ich würde wahrscheinlich beim Anblick des Jungen in Ohnmacht fallen. Ich will nicht wissen, wie schlimm du ihn zugerichtet hast.«

»Na gut, ich muss zugeben, dass er … Ich habe ihm halt mit dem Hammer auf den Kopf geschlagen, als ich nicht geschafft hatte, ihn zu erwürgen, dabei ist dann das ganze Blut auf die Essecke gekommen. Das habe ich erst zu spät bemerkt, da spritzte das Blut schon. Danach hab ich ihn schnell in die Wanne gelegt, da war es ja dann egal …«

»Hör auf, oh Gott, hör auf, ich will nichts mehr hören, was bist du nur für ein Mensch!«

Ich schrie aus Leibeskräften, ich heulte laut los, ich glaubte einfach nicht, was ich da hörte, das war doch alles nicht wahr.

»Susanna, so begreif doch endlich, ich schaffe es nicht ohne dich, mach jetzt endlich.«

»Du willst, dass ich mit dir ins Bad gehe und den kleinen geschundenen Körper in einen Plastesack stecke? Ich soll mir anschauen, wie du den armen kleinen Jungen zugerichtet hast? Vergiss das ganz schnell! Erledige, was zu erledigen ist, aber stell den Urzustand wieder her. Sonst drehe ich durch und kann für nichts mehr garantieren. Vergiss nicht, dass du hier alles gegen meinen Willen tust. Am liebsten würde ich zur Polizei gehen.«

»Ach so, du willst mich also bei der Polizei verpfeifen. Dann solltest du aber auch wissen, dass du mit drinhängst.

Du wirst genauso ins Gefängnis wandern wie ich, wenn die Polizei all das hier rausbekommt, denn schließlich bist du ja mit dabei.«

»Das bin ich nicht! Du hast mich in alles mit reingezogen.«

»Glaub mir, mitgefangen – mitgehangen, ich habe es dir schon einmal gesagt. Du kannst es mir ruhig glauben.«

Ich kam aus dem Heulen nicht mehr raus. Der Gedanke, ins Gefängnis zu müssen, machte mich ohnmächtig. Nun stand ich vollends neben mir. Aber ich weigerte mich nach wie vor, auch nur einen Schritt ins Bad zu tun.

»Hör zu, ich habe eine Idee. Ich binde dir einfach die Augen zu, richtig fest, so dass du wirklich nichts sehen kannst, ja?«

Ich weigerte mich, ich wollte absolut nicht in die Nähe des toten Jungen kommen, ich brachte es einfach nicht über mich. Aber Sven redete ohne Punkt und Komma auf mich ein, so dass ich mich am Ende doch breitschlagen ließ. Er band mir ein Tuch so fest um die Augen, dass es schmerzte. Trotzdem hatte ich furchtbare Angst, dass ich irgendetwas sehen könnte. Den Anblick hätte ich mit Sicherheit nicht ertragen. Sven führte mich wie eine Blinde ins Bad. Dort drückte er mir einen Plastesack in die Hand.

»So, diesen Sack hältst du jetzt mit beiden Händen fest, aber richtig, du darfst ihn nicht loslassen, es wird einen ziemlichen Ruck geben, nicht loslassen, denk daran!«

Ich hörte ganz eigenartige Geräusche, die an etwas Nasses, Glitschiges erinnerten. Und ich hörte Sven stöhnen und schwer atmen, als ob er Schwerstarbeit verrichten würde. Ich kann diese Geräusche nicht wirklich beschreiben. Es roch ganz komisch im Bad, ich kann auch den Geruch nicht beschreiben.

»Pass auf jetzt, halt den Sack gut fest!«

Es gab einen fürchterlichen Ruck, der mich nach unten zog. Ich stieß einen Schrei aus und musste mich schütteln.

Schnell ließ ich den Sack fallen, tastete mich zur Tür zurück, riss sie auf und stolperte hinaus.

Die Badezimmertür knallte ich hinter mir zu. Im Flur zerrte ich mir das Tuch von den Augen. Sie schmerzten, und ich sah alles verschwommen. Ich lehnte mich an die Wand im Flur und bekam einen Heulkrampf. Langsam rutschte ich an der Wand runter, meine Beine versagten, sie konnten mich einfach nicht mehr tragen. Meine Gedanken kreisten nur noch um den armen Jungen, der sich jetzt wie ein Stück Müll in einem Plastiksack befand. Mal eben so einen kleinen Menschen weggeworfen, na und, was macht das schon, einer weniger.

Plötzlich kam Sven aus dem Bad.

»Ich brauche noch irgendwas zum Ausstopfen, für die leeren Ecken, haben wir dafür was da? Vielleicht alte Handtücher oder altes Zeug, das deine Mutter nicht mehr braucht.«

Er wedelte mit der Hand vor meinem Gesicht herum, aber als er sah, dass ich nicht ansprechbar war, ging er an mir vorbei in die Stube. Ich blieb auf dem Boden im Flur hocken.

»Hier habe ich was, die alten Zeitungen braucht deine Mutter doch bestimmt nicht mehr, oder?«, hörte ich ihn aus der Stube rufen.

»Ich denke nicht«, flüsterte ich.

Sven ging gleich mit dem ganzen Zeitungsständer ins Bad. Ich nahm meinen Kopf in die Hände und weinte mir die Seele aus dem Leib.

23

Es dauerte eine ganze Weile, bis Sven wieder aus dem Bad kam.

»So, nun komm, zieh dich an, wir müssen gehen, beeil dich, Susanna, mach hin.«

Während er drängelte, zog er seine Jacke an.

»Was muss ich? Wo willst du denn jetzt so schnell hin, mach das mal alles schön alleine!«

»Ich sag es ein letztes Mal, ich kann und schaffe das nicht alleine, ich brauche deine Hilfe, also nun los, zieh dich an! Oder was glaubst du, was jetzt mit dem Koffer passiert? Mit Sicherheit können wir den nicht hier in der Wohnung lassen, das wird dir doch wohl klar sein. Den müssen wir so schnell wie möglich loswerden.«

»Und wie willst du den loswerden? Hast du vielleicht schon eine Idee dazu?«, fragte ich spitz.

»Das sage ich dir, wenn wir unterwegs sind, jetzt zieh dich endlich an und lass dich nicht stundenlang bitten.«

Ich konnte wirklich nicht glauben, dass ich ihm nun auch noch bei der Beseitigung des Koffers behilflich sein musste. Plötzlich packte mich Sven sehr, sehr grob am rechten Arm, es tat furchtbar weh.

»Aua, hör endlich auf, mir immer wehzutun, wenn dir was nicht passt. Ich bin kein Stück Holz, was du hin und her schieben kannst, begreif das endlich. Warum tust du mir denn nur immer weh? Ich glaub langsam, du würdest mir noch mehr wehtun, wenn du mich nicht mehr brauchen würdest.«

»Ich glaube, jetzt drehst du ganz und gar durch. So eine blöde Bemerkung! Ich schaffe es nun mal nicht alleine, also bitte, zieh dich endlich an, es ist schon spät, los jetzt!« Und dann murmelte er noch: »Ich werde dir schon nichts tun!«

Langsam bekam ich Angst vor ihm, er war mir absolut fremd geworden. Das war nicht mehr der Sven, den ich kannte, vor mir stand jetzt ein fremder, furchteinflößender Mann.

»Denk daran, ich trage den Koffer nicht. Allein der Gedanke, dass du da einen kleinen Jungen reingequetscht hast …«

»Wie lange soll ich denn noch warten, verstehst du denn nicht, dass ich den Koffer schnellstmöglich loswerden will, also los jetzt!«

Das zischte er mir in einem bösen, scharfen Ton zu. Ich hatte das Gefühl, dass alles, was ich sagte, an ihm abprallte. Trotzdem gab ich nicht auf.

»Wenn du mich schon komplett ignorierst, dann sag mir doch wenigstens, was du vorhast. Was willst du jetzt eigentlich machen, sag es mir doch endlich!«

»Wir fahren mit der Straßenbahn bis zum Bahnhof, dort nehmen wir den erstbesten Zug und schmeißen den Koffer irgendwo während der Fahrt aus dem Fenster, alles verstanden? So, nun hör auf, ständig mit mir zu diskutieren. Du wirst sehen, es wird alles klappen. Wir sind sicher bald schon wieder zu Hause.«

»Aber es ist schon spät, und es ist bitterkalt da draußen, und da soll ich jetzt raus mit dir, in die Kälte?«

»Aber genau das ist doch gut für uns, da fallen wir erst recht nicht auf!«

Ich kam gegen Sven einfach nicht mehr an. Körperlich und geistig war ich so entkräftet, dass mir mittlerweile alles egal war. Ich kam wohl am besten mit der Situation klar, wenn ich genau das tat, was er von mir verlangte. Einen anderen

Ausweg sah ich für mich nicht mehr. Es lief ohnehin alles wie im Film um mich herum ab, ein Film, auf dessen Verlauf ich keinen Einfluss hatte.

Der Weg von der Wohnung meiner Mutter bis zur Straßenbahn war schon ziemlich weit, aber an diesem Abend kam er mir unendlich vor. Die Kälte kroch mir in die Knochen, und Sven wechselte ständig die Seite, weil der Koffer so schwer war. Ich weigerte mich nach wie vor, diesen Koffer auch nur einen Meter weit zu tragen. Plötzlich kam mir der Gedanke, was passieren würde, wenn auf einmal Blut aus dem Koffer tropfte? Ich fragte Sven.

»Da passiert nichts, ich hab alles mit Zeitungen ausgestopft, es ist alles dicht, glaub mir.«

Ich war trotzdem sehr unruhig, ständig schaute ich mich um, ob eine Blutspur im Schnee zu sehen war. Irgendwann kam der Punkt, an dem ich die Kälte nicht mehr spürte. Die Angst hatte wohl die Kälte besiegt. Endlich kam die Straßenbahnhaltestelle in Sicht. Wir hatten Glück und brauchten nicht lange auf eine Bahn zu warten. Wir setzten uns in den letzten Waggon, in die letzte Sitzreihe. Um diese Zeit, nach zweiundzwanzig Uhr, waren alle öffentlichen Verkehrsmittel ziemlich leer. Dennoch stiegen immer wieder Leute ein und aus. Ich hatte ständig das Gefühl, dass sie uns anstarrten. Die Fahrt zum Bahnhof kam mir endlos vor. Das Licht in der Straßenbahn war sehr hell, es tat meinen verheulten Augen unangenehm weh. Ich versuchte krampfhaft, meine Augen offen zu halten, es gelang mir nur schwer.

Am Bahnhof angekommen, lief Sven so schnell zum Abfahrtsplan, ich kam kaum hinterher.

»Da, super, in fünf Minuten fährt ein Zug nach Leipzig, den nehmen wir, los jetzt, wir müssen uns beeilen, sonst ist er weg.«

So schnell konnten wir gar nicht mit dem schweren Koffer laufen. Sven schnaufte wie ein Nilpferd, ich keuchte und stöhnte, weil ich keine Kraft mehr hatte und meine Beine nicht so wollten wie ich, aber schließlich erreichten wir den Zug, beide total außer Atem, aber dennoch froh, dass wir diese erste Hürde geschafft hatten. Kaum waren wir drinnen, hörten wir die Pfeife des Schaffners.

Wir blieben erst einmal an der Wagentür stehen. Als der Zug aus dem Bahnhof fuhr, schaute Sven nach links und rechts in die Zuggänge, sie schienen menschenleer zu sein. Die Lichter, die an uns vorbeihuschten, wurden immer weniger, bald war es draußen stockduster.

Ich weiß nicht mehr, wie lange wir an dieser Zugtür standen. Plötzlich machte Sven das Fenster auf und hielt den Kopf eine ganze Weile nach draußen.

Schließlich zog er den Kopf wieder rein und sagte: »So, ich glaube, nun können wir den Koffer rausschmeißen. Es ist alles dunkel draußen, nichts zu sehen, hier drinnen kann ich auch keinen sehen, also dann, raus das Teil!«

Er schaute noch einmal in die Wagengänge nach links und rechts, dann schob er das Fenster ganz auf. Ich bekam eine volle Ladung eisigen Wind ab, Sven griff sich den Koffer, nahm noch einmal Schwung und schmiss den Koffer mit dem kleinen Jungen aus dem Fenster. Einfach so. Dann schob er das Fenster wieder zu und sagte: »Siehste, das war's, so schlimm war es doch gar nicht, hat alles super geklappt. Und uns kommen die nie auf die Spur, wie auch, ist ja absolut kein Hinweis auf uns da. Also, mach dir jetzt keinen Kopf mehr, es ist alles vorbei. Du wolltest mir nicht glauben, aber du siehst, es konnte nicht besser laufen.«

Wir gingen in ein leeres Abteil. Ich ließ mich in den Sitz fallen. Ich war absolut am Ende.

Wir hatten übrigens großes Glück auf der Fahrt nach Leipzig, denn wir hatten natürlich keine Zeit gehabt, vorher Fahrkarten zu lösen. Es kam aber kein Schaffner.

In Leipzig angekommen, brauchten wir auch nicht lange zu warten, und schon bald saßen wir in einem Zug zurück nach Halle. Wir sprachen kein Wort miteinander. Auf dem langen Rückweg von der Straßenbahn nach Hause kroch mir die Kälte mehr als auf dem Hinweg unter die Haut. Ich fror so furchtbar, dass ich unwillkürlich immer schneller lief. Frieren ist etwas richtig Schlimmes für mich.

Als ich wieder in der Stube stand und das viele Blut sah, kam urplötzlich wieder alles hoch. Ich bekam einen fürchterlichen Heulkrampf, der einfach nicht enden wollte. Sven bugsierte mich auf die Couch, redete unablässig auf mich ein und versuchte mich zu beruhigen, aber es half nichts, ich fing immer wieder an.

Plötzlich fasste mich Sven wieder sehr unsanft an den Armen, schüttelte mich heftig und schrie: »Susanna, reiß dich zusammen, wir müssen hier noch sauber machen, hör auf mit deiner Heulerei, das bringt doch nichts. Es ist alles vorbei, und es ist gut gelaufen, also was hast du denn noch für ein Problem? Nun komm schon, los, hilf mir, und hör jetzt endlich auf zu heulen, ich kann das langsam nicht mehr hören!«

Ich hob den Kopf und schaute ihn mit meinen verquollenen Augen an, dann sagte ich schluchzend: »Wenn du glaubst, dass ich auch nur einen Finger krumm mache, dann irrst du dich gewaltig. Ich hab es dir jetzt schon hundertmal gesagt, ich werde hier nichts machen. Du hast diese Schweinerei, dieses fürchterliche Verbrechen begangen, und du wirst das alles hier auch wieder in Ordnung bringen, hast du mich zur Abwechslung mal verstanden? Und zwar so, dass meine Mutter von alldem nichts merkt oder sieht, es muss alles so aussehen wie vorher, du weißt, wie penibel sie ist. Ihr würde jede Veränderung sofort auffallen. Vergiss nicht, sie kann ganz plötzlich vor der Tür stehen.«

Ich sank wieder zusammen und heulte vor mich hin. Ich hatte das Gefühl, dass mein Gehirn erst jetzt so richtig begriff, was eigentlich passiert war. Nach einer Weile sagte ich zu Sven: »Wie soll ich damit leben? Sag es mir! Ich kann mit niemandem darüber reden, das schaffe ich nicht. Du verlangst etwas von mir, das ich, selbst wenn ich es wollte, nicht tun kann. Es wird am besten sein, wenn ich morgen zur Polizei gehe und alles sage, was heute Nacht passiert ist. Und soll ich dir was sagen, mir ist es egal, ob ich ins Gefängnis muss oder nicht. Ich weiß, dass ich an allem, was hier passiert ist, keinen Anteil habe. Ich bin unschuldig, du hast mich gezwungen mitzumachen, weil es nötig war, um den kleinen Jungen zu beseitigen. Und du warst sogar ziemlich bösartig zu mir. Wenn du glaubst, ich lass mir alles von dir gefallen, dann hast du dich gewaltig geirrt. Unterschätz mich nicht. Ich werde nicht für etwas büßen, was ich nicht getan habe, das kannst du nicht von mir verlangen.«

»He, Susanna, jetzt komm mal wieder auf den Boden, was ist denn plötzlich los mit dir? Spinnst du jetzt total? Wenn du zur Polizei gehst, landen wir beide im Gefängnis, begreif das doch endlich. Willst du wirklich ins Gefängnis? Willst du den Rest Leben hinter Gittern verbringen, willst du das?«

Sicher, ich hatte furchtbare Angst, ins Gefängnis zu müssen, wahnsinnige Angst sogar.

»Du wirst sehen, dass sie uns nie auf die Spur kommen werden, wir waren viel zu clever.«

»Du meinst, du warst viel zu clever, ich musste nur deinen Befehlen folgen«, beharrte ich.

»Das ist doch jetzt egal, du wirst sehen, dass sie nie auf uns kommen werden, wie auch, ich habe keinen Hinweis hinterlassen, da habe ich aufgepasst. Also beruhig dich jetzt erst mal und komm wieder runter.«

Ich schaute Sven nur ungläubig an, dann streckte ich mich auf der Couch aus und drehte ihm den Rücken zu. Leise vor mich hin heulend und einfach nur fertig mit der Welt muss ich wohl eingeschlafen sein.

24

Am nächsten Tag musste ich zum Mitteldienst, daran kann ich mich noch erinnern. Gott sei dank, denn hätte ich Frühschicht gehabt, wäre das mein Untergang gewesen. So hatte ich die Möglichkeit, ein paar Stunden zu schlafen, weil ich erst um elf anfangen musste. Dienstende war wie immer um zwanzig Uhr. Aber wirklich lange schlafen konnte ich nach dieser Nacht natürlich nicht. Es war noch dunkel, als ich wieder aufwachte. Zwar schienen die Straßenlaternen in die Wohnung hinein, so dass es nie richtig dunkel wurde, aber die Sonne war noch nicht aufgegangen.

Ich setzte mich langsam auf, doch plötzlich, ohne Vorwarnung, überfielen mich mit voller Wucht alle Einzelheiten der letzten Nacht. Ich versuchte panisch, den nächsten Heulkrampf zu unterdrücken.

Dabei schaute ich mich in der Stube um. Im schwachen Licht sah ich Sven in der Essecke liegen. Offensichtlich war er mit Saubermachen fertig geworden, denn er hätte sich doch wohl kaum auf die blutverschmierten Polster gelegt. Das Resultat konnte ich jedoch erst bei Tageslicht begutachten. Es roch irgendwie komisch. Wer weiß, mit was er alles sauber gemacht hatte.

Es war also kein Alptraum gewesen, ging es mir durch den Kopf. Augenblicklich wurde mir wieder schlecht, und in meiner Bauchgegend ging es plötzlich ziemlich turbulent zu. Keine fünf Minuten später hatte ich fürchterlichen Durchfall. Das Schlimmste daran war, dass ich ins Bad musste. Zwar benutzte ich die Toilette, die war ja von alldem nicht betroffen, aber dennoch, das Bad bedeutete für mich in diesem Moment die absolute Hölle. Zumindest hatte Sven auch hier sauber gemacht.

Obwohl ich das Bad in den folgenden Tagen zigmal schrubbte, zitterte ich jedes Mal am ganzen Körper, wenn ich es betrat. Ich hatte furchtbare Angst, mich in diesem Bad aufzuhalten.

An diesem ersten Morgen ging mir ständig der Gedanke durch den Kopf, wie es nur weitergehen sollte. Wie sollte ich es nur schaffen, mich normal zu verhalten, als ob nie etwas gewesen wäre? Ich hatte noch nicht mal eine Vorstellung davon, wie die nächsten Tage verlaufen sollten. Vielleicht würde man mir ja sofort irgendetwas anmerken, die Gefahr bestand. Auf Arbeit kannten mich meine Kollegen, sie wussten, wie ich war, wenn ich »normal« war. Aber wie war ich eigentlich, wenn ich normal war? Ich wusste es nicht, und das machte mir Angst. Ich glaube, ich war nicht besonders gut im Verstellen.

Als es draußen langsam hell wurde, sah ich mir die Plüschessecke genauer an. Sven hatte, soweit ich das beurteilen konnte, alles ganz gut hin bekommen. Ich konnte bis auf ein paar kleine Schatten kaum etwas erkennen.

Mein nächster Gedanke galt meiner Mutter. Ich hatte ein furchtbar unruhiges Gefühl, dass sie plötzlich in der Tür stehen könnte, und was dann? Das wäre der nächste Alptraum für mich. Aber jetzt wurde es Zeit, zur Arbeit zu gehen, schließlich musste ich zu meiner Schicht. Sven schlief immer noch.

Der Weg zur Arbeit fiel mir an diesem Morgen unendlich schwer. Meine Schritte wurden immer langsamer und schwerfälliger, ich hatte solche Angst, dass ich mich anders benahm als sonst. Sven war fein raus, er hatte ein paar Tage Urlaub, außerdem ging ihm seine Tat scheinbar zehnmal am Arsch vorbei.

Schließlich war ich im »Treff« angekommen, wo ich zu allem Überfluss in dieser Zeit eingesetzt war. Ich war noch gar nicht richtig an meinem Spind, in dem meine Arbeitssachen hingen, da kam auch schon eine Kollegin auf mich zugerannt.

»Susanna, Susanna, hast du schon gehört, was hier passiert sein soll, letzte Nacht? Unglaublich, sag ich dir.«

»Nee, erzähl mal, ich hab von meiner Umwelt seit letzter Nacht nichts mitbekommen, mir ging es nicht gut, ich hab nur im Bett gelegen und geschlafen, damit ich heut wieder fit bin. Also, erzähl mal, ich bin ganz Ohr.«

»Hier soll ein kleiner Junge weggekommen sein. Er soll hier im ›Treff‹ das letzte Mal gesehen worden sein. Und jetzt sind die Bullen überall und horchen die Leute aus. Mann, das ist die Sensation des Jahres. Wie kann es denn sein, dass ein kleiner Junge hier wegkommt, das geht doch gar nicht. – Mann, bist du lahm heute, was glaubst du, was hier im Objekt schon alles los ist. Selbst die Chefin ist schon befragt worden, die ist seitdem ganz neben der Mütze, und am Ende lässt sie wieder mal alles an uns aus, wie immer.«

Ich wusste, dass der erste Tag danach nicht leicht werden würde, aber so hatte ich das nicht erwartet. Das Verschwinden des kleinen Jungen war anscheinend das Gesprächsthema Nummer eins. Jeder spekulierte herum, was da wohl vorgefallen sein könnte. Wie sollte ich nur diesen Tag auf der Arbeit durchstehen und dabei auch noch Gäste bedienen? Ich durfte mir einfach nichts anmerken lassen, aber wie sollte ich das nur tun? Ich wäre am liebsten im Erdboden versunken. Ich muss ziemlich komisch dreingeschaut haben, jedenfalls fragte mich plötzlich eine Kollegin: »He, Susanna, was hast du denn? Geht es dir nicht gut?«

Da kam mir die rettende Idee. »Entschuldige, aber ich habe gestern Abend mein Zeugs bekommen, du weißt schon, und deshalb fühle ich mich heute so richtig beschissen. Ich habe ziemliche Bauchschmerzen.«

»Mensch, Susanna, das kennt doch jede von uns. Frag doch mal die Chefin, ob du wieder nach Hause gehen kannst, das bringt doch nichts, wenn du dich heute hier rumquälst.«

Meine Chefin hatte tatsächlich ein Herz und schickte mich wieder nach Hause. Ich war wohl auch ziemlich blass um die Nase. Überall war ja Polizei. Ich fragte mich zum ersten Mal, wie Sven den kleinen Jungen eigentlich kennengelernt hatte. Wie hatte er es angestellt, den Jungen zu überreden, mit ihm zu kommen?

Ich konnte diese Situation kaum noch ertragen. Würde ich je wieder ein normales Leben führen können? Ich hatte nichts getan, aber ich glaubte, Sven hilflos ausgeliefert zu sein. Ich konnte mich niemandem anvertrauen. Ich hatte Angst, ins Gefängnis zu müssen, für etwas, das ich nicht getan hatte.

Niemand kann sich vorstellen, wie das war. Die Menschen um mich herum fragten sich wieder und wieder, was mit dem kleinen Jungen, der spurlos verschwunden war, geschehen war. Ich wusste es und konnte mit niemandem darüber sprechen. Die Ohnmacht, das Schamgefühl, die Angst, die niemals vergeht … Ich kann es kaum in Worte fassen, wie furchtbar diese ersten Tage waren.

Und jeden Tag drohte mir Sven: »Denk daran, du wanderst für den Rest deines Lebens ins Gefängnis, wenn du zur Polizei gehst.«

Ich war so unfassbar naiv damals, dass ich eine panische Angst entwickelte und ihm versprach, niemals zur Polizei zu gehen. Ich hasste ihn mittlerweile abgrundtief, aber er hatte mich mit seiner erpresserischen Art an sich gefesselt. Ich musste ihm überallhin folgen, sogar zu seinem neuen Arbeitgeber musste ich wechseln, damit er die Kontrolle behielt. Sven hatte mich völlig in der Hand.

Der vermisste kleine Junge war ein großes Thema im ganzen Land, der Fall ging durch alle Medien, Zeitung, Radio, Fernsehen, jeden Tag, tagelang. Und ich hörte jeden Tag bei der Arbeit, wie die Kollegen und Gäste spekulierten, was denn nun geschehen sein könnte.

Nur zwei Menschen wussten, was wirklich passiert war, und ich war einer von ihnen.

25

Ich war schlapp und ständig müde, ich verlor Gewicht, ich zuckte bei den geringsten Anlässen erschrocken zusammen und galt schließlich bei den Kollegen als übersensibel. Aber ich lernte, mit der Angst zu leben. Die Zeit hatte ihre Bedeutung für mich verloren. Eines Tages war die Leiche des kleinen Jungen gefunden worden, die Suche nach dem Täter hatte die Schlagzeilen beherrscht. Irgendwann hatte ich meine Lehre beendet und Sven ebenfalls. Im FDGB-Ferienheim Friedrichroda hatten wir beide Arbeit gefunden und waren auch dort hingezogen. Bald würde ich meine Mutter an der Ostsee besuchen können. Nach meinem Gefühl waren höchstens zwei Wochen vergangen, seitdem der Albtraum am 15. Januar begonnen hatte, aber als ich mir den Kalender genauer anschaute, waren es tatsächlich schon zehn Monate. Ich fasste es nicht. Zehn Monate lebte ich jetzt mit dieser nicht enden wollenden Panik, an die ich mich wohl – ob ich wollte oder nicht – gewöhnt hatte. Man kann sich scheinbar auch in einem Albtraum einrichten.

In diesem Bewusstsein fuhr ich an die Ostsee und konnte das herzliche Wiedersehen mit meiner Mutter sogar genießen. Ich fühlte mich wie immer wohl und geborgen bei ihr. Eines Abends saßen wir zu zweit gemütlich vor dem Fernseher, während draußen trübes, hässliches Oktoberwetter herrschte. Als es an der Tür klopfte, zogen wir beide die Schultern hoch. Wer konnte das sein? Tatsächlich stand der Dorf-Sheriff vor der Tür.

»Guten Abend, Inge, entschuldige die Störung, aber es ist wichtig. Kann ich kurz reinkommen?«

Kurz darauf saßen wir alle drei am Tisch und er fuhr fort: »Du wohnst doch noch in Halle-Neustadt, oder?«

»Natürlich, das weißt du doch, ich warte schon eine Ewigkeit auf eine Wohnung hier und –«, versuchte meine Mutter zu erklären.

»Ja, ich weiß, aber ich muss dich trotzdem was fragen.«

»Was soll das denn?«

»Also du hast deinen Hauptwohnsitz in Halle-Neustadt und die Nebenwohnung hier auf dem Darß?«

»Nu komm doch endlich auf den Punkt!«

»Ganz langsam, ich muss das so erfragen, gegenwärtig werden in Halle-Neustadt Schriftproben eingeholt von allen Bürgern, die dort wohnen. Und die, die auswärts arbeiten, werden über den Abschnittsbevollmächtigten gebeten, diese Schriftproben abzugeben. Verstehst du, was ich meine?«

»Nein. Wozu brauchst du denn von mir eine Schriftprobe?«

»Das wurde mir nicht mitgeteilt, nur dass ich Schriftproben von dir und übrigens auch von deiner Tochter einholen muss. Es wird schon nichts weiter sein. Die da oben werden sich mal wieder irgendwas ausgedacht haben, und wir müssen zusehen, dass wir an die Leute kommen. Also tut mir bitte den Gefallen und schreibt schnell die paar Wörter auf, dann bin ich auch schon wieder weg, ok?«

Für einen Moment rutschte mir alles in die Hose, was nur rutschen konnte. Sollte er etwa wegen des kleinen Jungen hier sein? Aber nein, das konnte nicht sein, nie und nimmer, das war doch viel zu lange her. Der Fall war bestimmt schon vergessen und die Akten weggeheftet worden. Wahrscheinlich hatte irgendjemand wirklich wieder was ausgeheckt, und nun mussten die Bürger ran, wäre ja nicht das erste Mal. Ich schob die schrecklichen Gedanken an den toten Jungen ganz schnell wieder weg. Wir schrieben dem ABV beide ein paar Wörter auf ein Blatt Papier, und damit war die Sache erledigt. Glaubte ich.

Am nächsten Tag musste ich mich verabschieden, aber in ein paar Wochen wollten wir uns bei meiner Schwester in Werder wieder treffen. Das hieß für mich natürlich, ellenlange Schichten zu schrubben, damit ich meine freien Tage zusammenbekam, aber dafür war ich im November in Werder bei meiner Familie.

Und da geschah es ganz früh am Morgen, ich weiß nicht mehr an welchem Tag, jedenfalls geschah da … ich nenne es den Überfall. Es war noch dunkel, als sie mit unglaublicher Wucht an die Tür trommelten. Sie hätten sie fast eingetreten, nur weil mein Schwager nicht gleich öffnen wollte. Meine Schwester mit ihrer weinenden kleinen Tochter, meine Mutter und ich drängten uns dicht hinter meinem Schwager zusammen und verstanden die Welt nicht mehr. Sie fragten nach meiner Mutter und mir und hielten meinem Schwager ihre Ausweise unter die Nase. Erst da begriffen wir, dass das Polizisten waren.

Mein Schwager sagte etwas von einem Missverständnis, dass die Beamten die Angaben noch einmal überprüfen sollten, doch einer der Männer sagte, dass sie die Frauen auch ohne sein Einverständnis mitnehmen würden, sie würden schließlich im Zusammenhang mit einem Verbrechen gesucht.

Mir blieb fast das Herz stehen, sollte es wirklich um den kleinen Jungen gehen? Aber wenn es um den Jungen ging, was wollten sie dann von meiner Mutter? Nein, es musste ein Versehen sein, alles würde sich aufklären, ich hatte nichts mit alldem zu tun.

Mein Schwager wollte die Polizei immer noch nicht hereinlassen, aber die hatten jetzt die Nase voll, drohten ihm mit einer Anzeige wegen Behinderung polizeilicher Arbeit und stießen die Tür unsanft auf.

Meine kleine Nichte fing nur noch schlimmer an zu weinen, meine Schwester schimpfte heftig auf die Beamten ein, doch es nützte nichts.

»Wer ist die Mutter, wer die Tochter? Doch bestimmt Sie beide. Kommen Sie mit, und, bitte, ohne Diskussion, wir können auch wesentlich härter vorgehen.«

Mein Schwager versuchte dazwischenzugehen, doch die Polizisten schoben ihn weg und hielten ihn fest. Uns befahlen sie, uns schleunigst anzuziehen, andernfalls müssten wir im Pyjama raus in die Kälte.

Es ging alles rasend schnell. Meine Mutter und ich wurden jede einzeln in einen Wagen verfrachtet, begleitet von jeweils drei Polizisten. Wir fuhren los, in dem Auto, in dem ich saß, Marke Wartburg, herrschte Schweigen.

Nach einer Weile versuchte ich, herauszubekommen, was los war. Was wollten die Beamten von uns? Wohin wurden wir gebracht? Woher wussten sie überhaupt, dass wir bei meiner Schwester waren? Das waren wohl zu viele Fragen auf einmal, jedenfalls bekam ich keine Antwort. Die Polizisten würdigten mich noch nicht einmal eines Blickes, sie guckten stur geradeaus.

Nach einer Weile fuhren wir nach Potsdam hinein und hielten vor dem Polizeirevier. Ich musste die ganze Zeit im Wagen bleiben, durfte nicht aussteigen oder gar mit meiner Mutter reden, sie hielten uns strikt getrennt. Es wurde immer kälter im Auto.

Ich glaubte immer noch, dass die Aktion nichts mit dem kleinen Jungen zu tun hatte, so furchtbar naiv war ich damals. Der Grund war meine Mutter. Wenn es um den Jungen ging, warum hatten sie dann auch meine Mutter abgeholt? Nein, ich war mir immer noch vollkommen sicher, dass alles ein Missverständnis war.

Wir standen eine scheinbar endlose Zeit vor dem Potsdamer Polizeirevier, ohne dass irgendetwas geschah. Als es langsam hell wurde, setzte der Konvoi sich plötzlich wieder in Bewegung. Immer noch herrschte Totenstille im Auto, nur das monotone Geräusch des Wartburg-Motors war zu hören. Langsam wurde es wärmer.

Den nächsten Halt legten wir an der Raststätte Niemegk ein. Ich durfte frühstücken und sogar meine Mutter sehen, die vollkommen außer Rand und Band war. Sie schimpfte unablässig auf die Beamten ein, weil keiner mit ihr redete und niemand uns sagte, was man eigentlich von uns wollte.

Die Polizisten schwiegen weiter, wobei sie nicht unhöflich zu uns waren. Sie waren auf eine wortlose Weise freundlich, und so schufen Sie – ob absichtlich oder unabsichtlich – eine unheimliche Atmosphäre, die mir immer mehr an die Nieren ging. Ich wusste ja noch nicht einmal, wohin wir fuhren. Also platzte ich erneut heraus und fragte lautstark, was unser Ziel war, oder durfte ich etwa nicht einmal das erfahren?

Zu meiner Überraschung fing der Beamte neben mir an zu sprechen: »Entschuldigen Sie, aber Sie müssen uns auch verstehen, wir haben unsere Anordnungen, wir dürfen nun mal nicht mit Ihnen reden. Aber dass wir nach Halle-Neustadt fahren, zum dortigen Polizeirevier, das dürfen Sie schon erfahren. Alles weitere wird man Ihnen dort sagen.«

Halle-Neustadt. Es musste also doch um den kleinen Jungen gehen. Mir wurde schlecht, ich bekam Bauchschmerzen und Schweißausbrüche. In meiner panischen Angst ging mir durch den Kopf, dass mein Leben nun vorbei sei, weil ich ins Gefängnis musste. Mir schossen die Tränen in die Augen.

Sofort versuchte ich, mich zusammenzureißen. Es sollte keiner im Auto mitbekommen, dass es mir nicht gut ging. Ich nahm mir vor, alle Fragen wahrheitsgetreu und ehrlich zu beantworten, wenn wir erstmal in Halle-Neustadt waren. Vielleicht ging ja doch alles gut.

Am Ziel wurden wir in getrennte Verhörzimmer gebracht. Meines war sehr spartanisch eingerichtet, ein Tisch, drei Stühle, eine Schreibmaschine, ein paar weiße Blätter und ein Kugelschreiber. Mehr nicht.

Kaum hatte ich mich hingesetzt, fingen sie mit ihren Fragen an.

»Wissen Sie, warum Sie hier sind? Sie werden hier als Zeugin vernommen –«

»Wenn ich eine Zeugin bin, warum behandeln Sie mich dann wie eine Schwerverbrecherin? Mitten in der Nacht wird man aus dem Bett geholt und von der Familie weggerissen. Die ganze Fahrt bis hierher hat kein Mensch mit mir geredet, alle haben ihre Anordnungen ... Ich hab doch nichts getan, und meine Mutter auch nicht! Was soll diese unmenschliche Aktion?«

Ich war über meinen Ausbruch selbst erstaunt. So herauszuplatzen war wirklich nicht meine Art, aber irgendwie musste ich wohl den Druck loswerden, der sich in mir aufgestaut hatte. Der Beamte entschuldigte sich daraufhin tatsächlich. Da war ich überrascht.

Er erzählte, dass sie Befehl gehabt hätten, uns so schnell wie möglich aufzuspüren und nach Halle-Neustadt zu schaffen. Dann legte er einen Stapel Fotos vor mich hin und fragte mich, ob ich die Gegenstände erkennen würde.

Natürlich kannte ich sie, allen voran den alten braunen Pappkoffer meiner Mutter. Und natürlich die Plastiksäcke, in denen ursprünglich die Couch-Elemente eingepackt waren ... Ich sagte dem Beamten, dass das alles Sachen waren, die meiner Mutter gehörten, und fragte, woher er sie denn habe.

Es wurde plötzlich still im Raum, eine ganze lange Weile lang. Es war, als ob man die Zeit mit dem Messer schneiden konnte.

»Vor über zehn Monaten wurde hier in Halle-Neustadt ein kleiner Junge auf grausamste Weise getötet. Er wurde in eben diesem Pappkoffer, den Sie gerade wiedererkannt haben, in fürchterlichem Zustand aufgefunden. Außerdem waren in diesem Koffer zahlreiche Zeitschriften und Illustrierte, in denen jemand alle Kreuzworträtsel gelöst hatte.«

»Ich verstehe immer noch nicht, was ich mit diesen Kreuzworträtseln zu tun habe. Oder meine Mutter.«

»Wir haben von allen Bürgern aus Halle und Halle-Neustadt Schriftproben eingeholt und mit den ausgewählten Kreuzworträtseln verglichen. Es besteht kein Zweifel, Ihre Mutter hat diese Kreuzworträtsel gelöst.«

Mein Herz trommelte gegen meine Rippen, mir war speiübel, und ich bekam schlagartig fürchterliche Bauchschmerzen. Jetzt ist alles aus, dachte ich, nun musst du ins Gefängnis. Mir fiel es unsagbar schwer, aber ich versuchte, die Ahnungslose zu spielen.

Der Beamte merkte wohl, dass es mir nicht gut ging, und sagte: »Beruhigen Sie sich doch. Ich hatte Ihnen doch eingangs schon gesagt, Sie sind als Zeugin hier. Die Schriftprobe hat uns zu Ihnen und Ihrer Mutter geführt, jetzt wollen wir einfach nur herausfinden, ob es zwischen Ihnen und dem Täter möglicherweise eine Verbindung gibt.«

»Das weiß ich doch nicht. Ich habe nichts gemacht, ich habe mit diesem scheußlichen Verbrechen nichts zu tun!«

»Das ist uns klar. Wir nehmen nicht an, dass diese grausame Tat von Mutter und Tochter begangen wurde, das ist vollkommen unmöglich. Aber vielleicht kennen Sie den Täter ja von irgendwoher.«

»Woher soll ich denn wissen, ob ich den Täter kenne?«

»Nun ja, haben Sie vielleicht einen Freund?«

»Ja, natürlich. Sven. In meinem Alter hat doch fast jedes Mädchen einen Freund. Warum wollen Sie das wissen?«

Plötzlich waren alle Polizisten im Verhörzimmer ganz ruhig. Blicke flogen hin und her, zwischen den Männern herrschte eine Spannung, die mit Händen greifbar war.

»Ihr Freund, wissen Sie, wo der sich gerade aufhält?«

»Ja, natürlich. Der arbeitet in Friedrichroda im FDGB-Ferienheim, so wie ich. Er ist Hausmeister im Technikbereich.«

Einer der Beamten verließ eilig das Zimmer.

»Können Sie sich erinnern, wo Sie beide am fünfzehnten Januar dieses Jahres gewesen sind?«

Ich weiß bis heute nicht, wie ich beim Beantworten dieser Frage ruhig bleiben konnte. Ich druckste ein bisschen herum und fragte schließlich, ob sie mir einen Kalender geben könnten, um meinem Gedächtnis auf die Sprünge zu helfen. Mit der Frage hatten sie wohl gerechnet, denn ich bekam sofort einen Kalender gereicht. Nach einer Weile gab ich ihn zurück.

»Da war ich noch in der Ausbildung und habe im ›Treff‹ gearbeitet. An mehr kann ich mich nicht erinnern, aber das können Sie bestimmt in den alten Dienstplänen nachschlagen.«

Es folgten noch viele Fragen, vor allen Dingen über Sven. Was für ein Verhältnis ich zu ihm hatte. Wo ich gewohnt hatte. Warum ich allein in der Wohnung meiner Mutter gewohnt hatte. Ob Sven auch einen Schlüssel zu Mutters Wohnung gehabt hätte. Ich beantwortete das alles wahrheitsgemäß, und die Beamten wurden immer freundlicher zu mir.

Mittlerweile war es schon fast Mittag. Die Beamten legten eine Pause ein. Ich fragte, ob ich meine Mutter sehen könnte, und sie meinten, dass sie mal schauen würden, was sich machen ließe. Schließlich durfte ich auf den ellenlangen Flur gehen, eine Tür öffnete sich, und ich stand vor meiner Mutter. Sie war vollkommen außer sich, umarmte mich und fing an zu reden, ohne Punkt und Komma.«

»Sag mal, was ist denn nur los hier, was soll das alles hier? Ich verstehe einfach immer noch nicht, warum wir hier sind, das ist ja wie ein Verhör, aber ich habe doch kein Verbrechen begangen. Warum stellen sie mir so komische Fragen, und warum zeigen sie mir meine Sachen auf den Fotos, woher haben sie all meine Sachen? Außerdem haben sie mir gesagt, dass ich vorerst nicht mehr in meine eigene Wohnung darf. Sie sagten, sie müssten in die Wohnung, um eventuelle Spuren zu sichern. Was meinen sie? Sag mal, hast du irgendetwas mit meiner Wohnung angestellt?«

»Ich, nein, wie kommst du denn darauf?«

»Du, ich hab da ein ganz komisches Gefühl, nämlich, dass Sven hinter alldem Schlamassel steckt. Du weißt, ich habe diesem Kerl noch nie über den Weg getraut. Gehört hast du aber noch nie auf mich, du musst immer erst jeden Fehler selber machen. Und ich glaube, dieser Sven, das war ein Riesenfehler.«

Plötzlich sah ich, wie ein Beamter auf uns zukam.

»So, Ihren Freund haben wir gerade ebenfalls aufs Revier gebracht. Mal sehen, was der uns erzählen kann. Und wir machen jetzt auch weiter.«

Das Verhör dauerte fast bis Mitternacht. Ich war so kaputt, ich wollte nur noch ins Bett und schlafen. Meiner Mutter ging es nicht anders. Schließlich brachten sie uns in ein Hotel in Halle, wo wir halbtot in die Betten fielen. Wir hatten nicht mal mehr die Kraft, uns zu erzählen, was wir alles gefragt worden waren, oder über diesen seltsamen Tag zu sprechen. Das holten wir am nächsten Tag nach, als wir im Zug zurück nach Potsdam saßen. Unser Verhör sei beendet, hatten die Beamten zum Abschied gesagt.

Dennoch hatte ich furchtbare Angst, ich rechnete jeden Augenblick damit, dass ein Polizist auftauchen und mich ins Gefängnis stecken würde. Sven hatte mich all die Monate lang so unter Druck gesetzt, dass die Angst tief in mir saß. Die paar Tage, die wir noch in Werder waren, konnte ich nicht genießen. Schließlich fuhr meine Mutter zurück an die Ostsee. Und ich nach Friedrichroda.

26

In Friedrichroda ging ich mit ziemlich gemischten Gefühlen zur Arbeit. Der Heimleiter und Svens Vorgesetzter stellten mir zwar einige Fragen, aber sie waren nett und freundlich zu mir. Ansonsten sprach mich kein Mitarbeiter auf die Vorfälle an, was mich ungeheuer erleichterte. Ich glaubte schon, dass ich wieder ins normale Leben zurückfinden würde, als zwei Beamte im FDGB-Heim auftauchten und dafür sorgten, dass ich für den Rest des Tages frei bekam.

Ich war sofort wieder ein reines Nervenbündel, aber sie setzten sich nur mit mir in ein Café, stellten mir im Plauderton ein paar Fragen, an die ich mich nicht erinnere, und das war's dann auch schon.

»Sie brauchen sich keine Gedanken mehr zu machen«, sagte einer von ihnen, und das wünschte ich mir mehr als alles auf der Welt. Die Bombe platzte beim Abschied. Als sie mir die Hand schüttelten, teilten sie mir mit, dass Sven sofort ein umfassendes Geständnis abgelegt hatte.

Die nächsten Tage, Wochen und Monate erlebte ich wieder wie in Trance. Aber Sven hatte seine Drohungen nicht wahr gemacht und mich komplett herausgehalten. Trotzdem stellte sich keine Erleichterung ein. Was würde er während der Verhandlung sagen?

Ich hatte auch eine Vorladung bekommen, genau wie Svens Vorgesetzter in Friedrichroda. Wir wurden für den Tag der Verhandlung freigestellt und mit dem Dienstwagen nach Halle-Neustadt gefahren.

Während wir im Vorraum des Verhandlungssaals saßen, bekam ich wieder fürchterliche Bauchschmerzen. Dann war es soweit, ich wurde in den Zeugenstand gerufen. Zu meiner Erleichterung stellte man mir nur wenige Fragen, eigentlich nur über meine Beziehung zu Sven, dann durfte ich den Saal auch schon wieder verlassen.

Während ich im Gerichtssaal war, hatte ich ein paar Mal zu Sven hingeschaut, obwohl ich mir vorgenommen hatte, das nicht zu tun. Ich konnte nicht anders, ich musste einfach zu ihm hinschauen. Sven nach so langer Zeit wiederzusehen, war erschreckend. Er sah ganz anders aus, fürchterlich aufgequollen, was angeblich an den Medikamenten lag, die er nehmen musste. Sven sah mich nicht an, er starrte die ganze Zeit nur auf den Boden. Er hob auch nicht den Kopf, wenn der Richter ihm Fragen stellte. Ich weiß nicht, ob er überhaupt gemerkt hat, dass ich da war. Es war das letzte Mal, dass ich ihn gesehen habe. Diesen Menschen will ich nie wieder sehen.

27

Plötzlich herrschte Totenstille im Raum. Susanna hatte aufgehört zu erzählen. Ich wollte etwas sagen, ihr für ihre Offenheit danken, aber ich brachte keinen Ton heraus.

»Hallo Shiva, bist du noch da? Ich bin fertig mit meiner Geschichte.«

»Ich weiß nicht, was ich sagen soll. Wie hast du diese Last nur ertragen? Wie hast du mit dieser Geschichte leben können, ohne daran zu zerbrechen?«

»Verstehst du jetzt, warum ich immer noch nervös werde, wenn unvermittelt jemand von Kreuzworträtseln spricht?«

»Natürlich, ich …«

»Und als du mir sagtest, dass du ausgerechnet meine Geschichte recherchierst, wollte ich natürlich verhindern, dass du auch nur die kleinste Information bekommst.«

»Ich verstehe.«

»Es tut mir so leid, dass ich dir Gregor geschickt habe.«

»Gregor?«

»Ein Bekannter, er arbeitet in Erfurt für einen Sicherheitsdienst. Er sollte dir Angst einjagen, mehr nicht.«

»Das ist ihm gelungen.«

»Ich –«

»Vergiss es, ich werde drüber wegkommen.«

»Ich wollte einfach mit allen Mitteln verhindern, dass du herausbekommst, dass ich … mit betroffen bin.«

»Ich hätte es vermutlich nie herausgefunden, wenn du nicht versucht hättest, mich davon abzuhalten.«

»Ja, dumm von mir, nicht?«

»Nein, dumm sicherlich nicht. Sagen wir, du hast in Notwehr gehandelt. Wie eigentlich die ganze Zeit, seit du damals, am fünfzehnten Januar 1981, die Wohnungstür geöffnet hast.«

Susanna nickte.

»Und eben hast du deine Geschichte wirklich zum ersten Mal erzählt?«

Susanna nickte erneut.

»Und, hat sich dadurch für dich etwas verändert? Glaubst du, du kannst die Sache jetzt endlich abschließen?«

»Nein, Shiva. Ich werde nie damit fertig werden. Ich habe all die Jahre versucht, abzuschließen, zu verdrängen, aber es ist mir einfach nicht gelungen. Es wird mir auch nie gelingen, auch jetzt nicht, nachdem ich mir das erste Mal alles von der Seele geredet habe. Dieses Sprichwort, dass die Zeit alle Wunden heilt, stimmt in meinem Fall nicht. Im Gegenteil, die Geschichte holt mich immer wieder ein.«

Eine ganze Weile lang sahen wir uns schweigend an.

»Und, Shiva, was wird jetzt? Du hast deine Story, nicht wahr? Wird dein Chef mit dir zufrieden sein?«

Ich griff in meine Handtasche und stellte das Diktiergerät aus. Bisher hatte ich nur meinen Job gemacht. Leute befragt, Fakten gesammelt, daraus eine Geschichte gemacht. Aber diese Geschichte war anders als alle, die ich vorher geschrieben hatte. Sie hielt die Menschen, die mir davon erzählt hatten, noch gefangen, und das, was ich schrieb, würde ihr Leben verändern, zum Guten oder zum Schlechten.

Warum sollte ich Susannas Leben, das sie sich so mühsam neu aufgebaut hatte, mit einer Schlagzeile zerschmettern? Warum sollte ausgerechnet ich Svens Schweigen brechen, das er fast dreißig Jahre durchgehalten hatte? Alles für eine Story auf der Titelseite?

»Was wirst du tun, Shiva?«

»Ich mache jetzt etwas, was du nicht tun konntest. Ich bringe die Geschichte zu einem Ende.« Ich holte mein Diktiergerät aus der Tasche und drückte den Löschknopf. Dann griff ich zu meinem Handy und rief Lutz an.

»Dein Bauchgefühl hat dich im Stich gelassen. Der Kreuzworträtselmord ist kalter Kaffee.«

NACHWORT

Als ich den letzten Satz dieses Manuskripts getippt hatte, schüttelte ich unwillkürlich den Kopf. War das wirklich das Ende eines langen Wegs, der im Januar 1981 begonnen hatte?

Damals schloss ein junges Mädchen eine Wohnungstür in Halle auf. Hinter der Tür fand sie nicht die gewohnte Geborgenheit der mütterlichen Wohnung vor, stattdessen wurde sie mit einer abgrundtief bösen Tat konfrontiert, der Ermordung des kleinen Lars Bense, die als der »Kreuzworträtselmord« in die Kriminalgeschichte eingehen sollte. Dieses unbedarfte Mädchen war ich, und der Mörder war mein damaliger Freund.

Ich war in einen Alptraum geraten, der Jahre andauern sollte. Mein Freund zwang mich, ihm bei der Beseitigung der Leiche des armen Jungen zu helfen. Und in den nächsten Tagen und Wochen bedrängte er mich wieder und wieder, niemandem etwas zu sagen und die Geschehnisse für mich zu behalten. Naiv und verängstigt wie ich war, hörte ich auf ihn, was meine Situation vollends unerträglich machte.

Wie gelähmt las ich in der Zeitung, dass die Leiche des kleinen Jungen entdeckt worden war. Von da an kaufte ich mir jeden Tag die Zeitung und las, welche Fortschritte die polizeiliche Fahndung machte. Die grauenhafte Tat war Stadtgespräch in Halle. Innerlich krümmte ich mich, wenn meine Kollegen über den Mord sprachen und darüber spekulierten, wer denn wohl der Täter gewesen sein könnte.

Ich erschrak fürchterlich, als die Polizei begann, Schriftproben zu sammeln. In dem Koffer mit der Leiche des armen Kindes waren auch Zeitungen mit Kreuzworträtseln gewesen, die meine Mutter gelöst hatte. Ich war drauf und dran, zur Polizei zu gehen, aber mein Freund setzte mich täglich von Neuem unter Druck. Und tatsächlich gelang es ihm, mich immer wieder zum Schweigen zu bringen. Meine Mutter arbeitete ja an der Ostsee, wie sollte die Polizei auf sie kommen und an eine Schriftprobe gelangen?

Die Sicherheit, in der ich mich wähnte, war trügerisch. Die Polizei weitete die Fahndung aus, forderte Schriftproben auch von abwesenden Bewohnern an, und nach zehn Monaten hatten die Beamten die Verbindung zu meiner Mutter und mir hergestellt. Wir wurden befragt, und es dauerte nicht lange, bis die Ermittler feststellten, dass das Täterprofil auf meinen Freund zutraf. Er wurde vorgeladen und gestand sofort.

Für eins muss ich ihm beinahe dankbar sein: Es gelang ihm, mich komplett aus der ganzen Angelegenheit herauszuhalten. Und so wurde er wegen Mordes in Tateinheit mit sexuellem Missbrauch angeklagt und zur Höchststrafe verurteilt: lebenslängliche Haft mit Aberkennung der bürgerlichen Ehrenrechte. Von meiner Rolle in der Geschichte ahnte niemand etwas.

Als die Mauer fiel, wurde der Fall neu aufgerollt. Mein Ex-Freund war zur Tatzeit erst 18 Jahre alt gewesen, und damit wäre in der Bundesrepublik das Jugendstrafrecht angewendet worden. Die gesamtdeutsche Staatsanwaltschaft erwirkte eine Wiederaufnahme des Verfahrens. Noch einmal wurde die Höchststrafe verhängt, doch nach dem Jugendstrafrecht waren das nun zehn Jahre Haft mit anschließender Einweisung in die Psychiatrie.

Bis 1996 war mein Ex-Freund im sogenannten Maßregelvollzug, das heißt er war in einer psychiatrisch-forensischen Klinik, anschließend zog er in ein Projekt für betreutes Wohnen. 1999 wurde er endgültig als geheilt entlassen und soll seitdem anonym irgendwo in Thüringen leben. Ich selbst habe ihn zum letzten Mal beim ersten Prozess im Jahr 1982 gesehen.

Doch das, was er getan hat, hat mich ein Leben lang verfolgt. Immer wieder habe ich Anläufe unternommen, mich zu offenbaren, mir die Wahrheit von der Seele zu schreiben, aber es ist mir nicht gelungen.

Erst als ich den Versuch wagte, meine Geschichte in eine erfundene Handlung einzubetten und sie der fiktiven Journalistin Shiva zu erzählen, gelang es mir, die Barrieren zu durchbrechen, die mich jahrzehntelang aufgehalten hatten, und – endlich – die wahre Geschichte zu offenbaren. Sie kennen diese Geschichte nun auch.

Jetzt hoffe ich, mein Ziel erreicht zu haben. Ich habe alles niedergeschrieben, was damals geschah, und was mich jahrzehntelang so schwer belastete. Damit endet dieser Weg, der 1981 begann. Ich hoffe, dass sich nun neue Wege vor mir auftun. Und das wünsche ich allen, die mit dem »Kreuzworträtselmord« zu tun hatten.

Kerstin Apel
im Frühjahr 2013

Bitte beachten Sie auch die folgenden Buchhinweise.

Buchhinweise

ISBN 978-3-86680-992-5

12,00 € [D]

Während eines heftigen Sommergewitters wird Georg Stahlmann auf seinem Hof in Böseckendorf brutal mit der Mistgabel erstochen. Schnell ist Kommissar Rothe klar, dass der Tod des wohlhabenden Großbauern, der 1991 aus dem Westen zurückgekehrt ist, so manchem in dem ehemaligen Grenzdorf gelegen kommt. Wie tief in der Vergangenheit muss Rothe graben?

Buchhinweise

ISBN 978-3-86680-072-4

9,90 € [D]

Berlin, 1920. Soziales Elend, politische Richtungskämpfe und Ungewissheit bestimmen den Alltag. Inmitten der Nachkriegswirren wird Hendrik Lilienthal, Philosophieprofessor an der Universität, zu den Ermittlungen im Mordfall Max Unger hinzugezogen.

Buchhinweise

ISBN 978-3-86680-868-3

12,00 € [D]

„Ich werde verfolgt“– „Wo sind sie Sie? Ich komme sofort!“ – „Nein, nicht jetzt, ich werde am Telefon belästigt.“ Na dann, glaubt Pawel Höchst, der alte Seebär, der sich in Rostock als Privatdetektiv niedergelassen hat, ist es auch nicht so eilig. Da kann er auch erst einmal mit der Suche nach einem anständigen French 75 weitermachen. Nur schade, dass seine hübsche Klientin wenig später tot ist.

SUTTON VERLAG

Weitere Krimis und Romane finden Sie unter:
www.sutton-belletristik.de